IL COLPO DELLE STREGHE

UN GIALLO DELLE STREGHE DI WESTWICK

COLLEEN CROSS

Traduzione di
ALESSANDRA LORENZONI

SLICE PUBLISHING

eBook ISBN: 978-1-988272-31-3

Edito da Slice Publishing

ISBN: 978-1-988272-31-3

ALTRI ROMANZI DI COLLEEN CROSS

Trovate gli ultimi romanzi di Colleen su www.colleencross.com

Newsletter: http://eepurl.com/c0jCIr

I misteri delle streghe di Westwick

Caccia alle Streghe

Il colpo delle streghi

La notte delle streghe

I doni delle streghe

I Thriller di Katerina Carter

Strategia d'Uscita

Teoria dei Giochi

Il Lusso della Morte

Acque torbide

Con le Mani nel Sacco – un racconto

Blue Moon

Per le ultime pubblicazioni di Colleen Cross: www.colleencross.com

Newsletter:

http://eepurl.com/c0jCIr

Il colpo delle streghe: Un giallo delle streghe di Westwick

I misteri delle streghe di Westwick

Vinci, perdi o pareggia...

Un mistero delle streghe di Westwick

Cendrine West non ha un momento di tregua. Sta per avere un nuovo lavoro e le cose con il bello sceriffo Tyler Gates si mettono per il meglio. Ma tutto cambia all'improvviso quando viene rapita da zia Pearl, strega ribelle votata anima e corpo a vendicare la morte premature di un'amica. È Las Vegas o la fine... per tutti i motivi sbagliati.

Rocco Racatelli è un fusto e una figura chiave di Vegas— e anche il prossimo bersaglio della mafia. La signora Buonasorte gli ha fatto tirare una mano perdente e lui vuole vendicarsi. Zia Pearl è anche troppo ansiosa di aiutare e il progetto Vegas Vendetta rapidamente si gonfia trasformandosi in una caotica guerra per il territorio tra mafiosi. Intanto che le streghe vengono scaraventate nel mondo perduto della Città del Peccato, i corpi si ammucchiano e i segreti vengono alla luce.

Non è solo il calore di Las Vegas che brucia... Rocco fa di tutto per conquistare il cuore di Cen. Ma lei desidera solo l'uomo che ha lasciato a Westwick Corners. Tutto quello che deve fare è risolvere il mistero di un omicidio, superare le magia della bizzosa zia e sconfiggere la mafia di Las Vegas. Cosa potrebbe andare male? Quando il crimine organizzato incontra la magia disorganizzata, tutto può succedere! Mentre aumentano i cadaveri, è evidente che a Cen serve più di un miracolo per sistemare le cose.

"...Un affascinante chicca soprannaturale. Se vi piacciono i misteri familiari, adorerete Cendrine West e la sua stravagante famiglia di streghe!"

Se vi piacciono i gialli familiari intrisi di una buona dose di umorismo e soprannaturale, impazzirete per questa storia!

CAPITOLO 1

Mi serviva un lavoro. Mi serviva della benzina e una tregua.

Le possibilità di raggiungere uno di questi obiettivi erano decisamente a mio sfavore. Il serbatoio dell'auto era vuoto e l'unico distributore di benzina di Westwick Corners, Gas N' Go, era fuori uso. La pompa era vecchiotta e non aveva un interfono... e io non sopportavo l'idea di dover essere io ad andare dal gestore camminando su tacchi da sette centimetri.

Ero già in ritardo per il colloquio di lavoro allo *Shady Creek Tattler*. Il fatto che il giornale di mia proprietà, il *Westwick Corners Weekly*, fosse a un passo dalla bancarotta era di per sé umiliante. L'ultima cosa che desideravo era lavorare per la concorrenza, ma avevo bisogno di soldi. Ero combattuta. Non volevo girare le spalle a Westwick Corners, la città quasi-fantasma che stavamo cercando di rivitalizzare. Ma dovevo guadagnarmi da vivere.

Tutti i lavori decorosi erano a un'ora di distanza, a Shady Creek. Mi ero resa conto troppo tardi che Westwick Corners era troppo piccola per qualunque cosa, compreso il giornale che avevo rilevato l'anno prima dal vecchio padrone che era andato in pensione. Il *Westwick Corners Weekly* era stato un acquisto d'impulso. Il mio progetto di comprare il lavoro dei miei sogni si era trasformato in un pozzo monetario senza fondo.

La mia ultima speranza di restare solvente era legata al lavoro part time come reporter a Shady Creek. Almeno avrei potuto avere il minimo indispensabile per vivere mentre cercavo di far risorgere il mio giornale. Ma anche questo lavoro era a rischio se non riuscivo a riempire il serbatoio.

Agitai disperatamente le mani verso la vetrina, sperando che il cassiere all'interno mi vedesse e facesse ripartire la pompa.

Niente.

Imprecai sottovoce osservando l'asfalto. Il mio animo si riprese quando notai un uomo-ragazzo con il volto coperto di lentiggini fermo accanto a un enorme camper. L'inserviente sembrava avere tra i quindici e i vent'anni e indossava una maglietta troppo grande della Gas N' Go e pantaloni ampi. Non lo avevo mai visto in città e ne dedussi che fosse arrivato da poco. Cosa piuttosto strana, dato che avevamo raramente visitatori, figuriamoci nuovi abitanti. Le chiacchiere di solito precedevano di qualche giorno l'arrivo di nuovi residenti.

Feci un gesto al ragazzo ma lui mi ignorò continuando il controllo degli pneumatici del camper. Non mi sorprese. Chiunque si trasferiva a Westwick Corners di solito scappava da qualcuno o qualcosa. Le città quasi-fantasma non erano esattamente in cima alla lista dei posti ideali in cui vivere ma erano perfette per nascondersi. Non veniva mai nessuno a controllare.

Le mie speranze andarono alle stelle quando vidi aprirsi la porta del camper e zia Pearl che ne usciva. Si agitava in modo frenetico e quasi volò verso di me. Poche donne di settant'anni avevano una tale agilità, ma la sorella più anziana di Mamma aveva un vantaggio segreto. Come tutte le donne della famiglia West, era una strega.

"Ho vinto, ho vinto!" La donnina di quarantacinque chili che era mia zia si fermò all'improvviso sull'isola di cemento e vacillò prima di perdere l'equilibrio e cadere verso di me.

"Attenta!" L'erogatore della pompa di benzina mi scappò di mano mentre facevo un salto all'indietro per evitare la zia, urtò il fianco della mia Honda arrugginita e ammaccata e all'improvviso si mise a funzionare.

La benzina sprizzò sull'asfalto crepato come un pozzo di petrolio del Texas. Io avevo uno di quegli attrezzi automatici che si attaccavano all'erogatore e lo avevo bloccato nella posizione di "aperto". Con la mia solita fortuna l'erogatore si era sfilato nel momento in cui mi era sfuggito di mano.

Altri soldi buttati.

Mi agitai scompostamente per cercare di afferrare la manetta della benzina mentre si muoveva a spirale senza controllo, spinta dalla pressione della benzina. Tutto quello che riuscii a prendere fu il carburante. Me lo ritrovai spruzzato dappertutto sul completo nuovo che avevo acquistato appositamente per il colloquio di lavoro.

Sussultai quando lo spruzzo raggiunse le gambe appena depilate. La benzina iniziava a formare pozzanghere ai miei piedi. Rimasi impietrita, inzuppata, furiosa e senza parole.

Ma riuscii ad attirare l'attenzione del ragazzo della pompa di benzina, che corse verso di noi. "Ehi, dovete pagare per questo!"

L'erogatore si muoveva sgroppando per la pressione della benzina e girava incontrollato. In ultimo lo afferrai ma prima di riuscire ad allontanarlo da me mi inzuppò di nuovo da capo a piedi. La mia unica salvezza fu che indossavo ancora gli occhiali da sole.

La benzina mi spruzzò nelle narici e ricoprì gli occhiali. Lasciai cadere di nuovo la pompa mentre con le mani cercavo di evitare che lo spruzzo mi colpisse in volto. Passai le dita sulle lenti degli occhiali, ma tutto, compresa zia Pearl, rimaneva confuso.

"Non farmi male!" Gridò zia Pearl allontanandosi e agitando le braccia in aria.

"Afferra la pompa, veloce. Aiutami, non vedo niente!" Dimenavo le braccia cercando l'erogatore a tastoni. Quando alla fine la mia mano destra si chiuse intorno all'erogatore, cercai di togliere il mio aggeggio dalla maniglia ma mi si piegò un'unghia all'indietro.

"Ahi!" Lo lasciai cadere un'altra volta e nel toccare terra mi spruzzò le caviglie. Cercai la maniglia a tentoni ma non riuscii a stringere abbastanza forte per tenerla. Le dita mi stavano diventando insensibili dopo tutti quei tentativi inutili.

Agitare scompostamente le braccia nel tentativo di afferrare l'erogatore senza riuscire a vedere bene mi fece perdere l'equilibrio. Inciampai e caddi dall'isola di cemento.

Dopo quella che sembrò un'eternità, la pompa si fermò all'improvviso. Mi strappai di dosso gli occhiali e cercai di pulirmi la fronte dalla benzina con il dorso della mano.

L'inserviente era in piedi vicino alla pompa, con l'erogatore in una mano e il mio aggeggio per bloccarlo nell'altra. "Non tocchi niente. Ci penso io."

Borbottai un ringraziamento e mi alzai, zuppa. Ebbi un brivido, nonostante il calore di fine estate.

"È un bel po' di benzina. Venti litri sprecati." Zia Pearl fece schioccare le dita. "Così."

Zia Pearl era una specie di piromane e la benzina sprecata sfiorava la farsa.

"Avresti potuto aiutarmi." Scossi lentamente la testa osservando il mio vestito rovinato. Non ci sono parole per descrivere lo scoramento che provavo in quel momento. Tutto quello che facevo sembrava portarmi un passo più vicina alla rovina economica.

"Dovresti riuscire a farcela da sola, Cen. Hai tutto quello che serve, se solo ti impegnassi. In un modo o nell'altro, devi venire a patti con i tuoi talenti soprannaturali." Zia Pearl mi diede una pacca sulla schiena. "Puoi scegliere."

"Non imbroglierò." Mi girai verso l'inserviente ma era tornato al camper, dove non poteva sentire. "Non voglio avere vantaggi scorretti, tutto qui."

"La magia non è un imbroglio, se sei una strega. Smettila di far finta di non esserlo."

Ero già di cattivo umore. L'ultima cosa di cui avevo bisogno era una discussione con la mia bizzosa zia. "Voglio solo essere come tutti gli altri."

"Beh, non lo sei, quindi è meglio che ti ci abitui." Zia Pearl sbuffò. "Perché devi perdere il tuo tempo con un lavoro? Chiunque altro con i tuoi poteri ne farebbe buon uso. Invece, tu li lasci semplicemente perdere."

"Voglio guadagnarmi da vivere onestamente." Le parole mi uscirono di bocca prima che potessi fermarle.

"Essere una strega sarebbe una cosa disonesta?" La rabbia di zia Pearl traspariva dalle sue parole.

Era indispettita perché non avevo proseguito con le lezioni di magia alla Scuola di Fascinazione di Pearl. Avevo intenzione di farlo ma si mettevano sempre in mezzo altre cose. E non mi sembrava giusto usare poteri speciali che le persone normali non avevano. Non avevo fatto niente per averli. Il caso aveva voluto che nascessi nella famiglia di streghe West.

"Sono in ritardo per il colloquio. Non puoi riportare tutto indietro e mettermi un po' di benzina nell'auto?" Zia Pearl era una strega molto abile. Per lei sarebbe stato facilissimo.

"Potrei, ma perché dovrei?"

"Per favore, zia Pearl. Mi farò perdonare." Avevo bisogno di quel lavoro.

Lei scosse la testa. "Voi giovani siete così egocentrici. Niente che valga la pena è facile, Cen."

"Ma sarebbe facile," protestai. "Per te."

"Lo potrebbe essere anche per te. Con la pratica ci si perfeziona, Cendrine. Tutto quello che devi fare è impegnarti. Perché per te è così difficile?"

L'inserviente aveva finito di riempire il serbatoio della mia auto e tendeva la mano per il pagamento. Guardai l'indicatore della pompa e mi allungai dal finestrino del passeggero per prendere il portafoglio dalla borsetta, appoggiata sul sedile del passeggero. Ne presi l'ultimo biglietto da venti dollari e rimisi il portafoglio al suo posto. Gli porsi il denaro, seccata che la maggior parte del carburante pagato in realtà formava una pozza sul cemento. Solo una piccola parte era riuscita a centrare il serbatoio dell'auto.

"Ah, Cen, lui è Wilt Chamberlain."

Feci un cenno con la testa all'uomo-ragazzo magrolino, lentigginoso, bianco e per niente somigliante al famoso giocatore di basket di diversi anni prima. Era più vecchio di quello che mi era sembrato in un primo momento: forse aveva già vent'anni. La pelle era così chiara da essere quasi bluastra, a parte un segno a forma di diamante sulla fronte, che probabilmente aveva dalla nascita. Era del colore della ruggine ed era piazzato proprio in mezzo alla fronte, come un bersaglio.

"La prossima volta, chiedi aiuto." Wilt ripose l'erogatore al suo posto. "Ora devo chiudere la pompa e pulire questo disastro."

"Non c'è tempo per pulire," zia Pearl fece un gesto verso il camper. "Dobbiamo andare."

"Eh?" Mi accigliai, chiedendomi cosa stesse combinando ora mia zia.

Zia Pearl mi fece un segno con la mano. "Lascia perdere il colloquio, Cen. Ho un lavoro per te."

Scossi la testa. "Non lavoro alla Scuola di Fascinazione di Pearl."

Fece un gran sorriso. "Non è quello che avevo in mente. Ti volevo affidare una missione. In incognito."

Scossi la testa. "Non mi interessa."

Guardammo Wilt che tornava nel gabbiotto della stazione di servizio. Ne prese un enorme anello portachiavi e chiuse la porta.

"Ehi! Non mi hai ancora dato il resto!" Gettai un'occhiata alla pompa. Secondo l'indicatore il totale che dovevo pagare era di dieci dollari, e comprendeva tutta la benzina sprecata. Qualunque cosa fosse entrata nel serbatoio non era nemmeno sufficiente per uscire dalla città, figuriamoci arrivare fino a Shady Creek.

"Wilt!"

Mi ignorò di proposito.

Afferrai l'erogatore della pompa e lo agitai in aria come un'arma.

Non si scompose. "Mi dispiace, siamo chiusi."

Infilai l'erogatore nel serbatoio dell'auto. Azionai la pompa, questa volta senza il mio aggeggio. Inutile. O Wilt aveva chiuso tutto oppure la pompa era davvero rimasta senza carburante.

Imprecai sottovoce girandomi verso una zia Pearl sogghignante. "Perché non mi aiuti?" I miei occhi si fissarono sulla tanica rossa che teneva in una mano.

"Dimenticati della benzina. Ho vinto la lotteria, Cen. Sono ricca. Posso permettermi qualunque cosa. Anche tutta la benzina che voglio." Agitò la tanica avanti e indietro formando un arco.

Io feci un cenno verso il camper. "Avrai bisogno di benzina per quello. Dove lo hai preso?"

Zia Pearl sembrava un po' sovrappensiero, pensai che forse ci si sentiva così a vincere la lotteria. A parte che non credevo alla sua storia. Mia zia amava essere al centro dell'attenzione e io supponevo che la storia della lotteria fosse una bugia colossale, condita da qualche trucco magico come il camper scintillante e anche la benzina.

La benzina.

La tanica da venti litri di zia Pearl faceva un rumore sciaguattante, quindi conteneva qualcosa. Venti litri di benzina mi avrebbero portata a Shady Creek e al mio colloquio di lavoro. Problema risolto.

"Zia Pearl! Quella tanica è piena di benzina? Mi serve un favore."

"Sei una strega, Cendrine. Fatti la tua benzina."

"Non ora, zia Pearl." Era la versione di zia Pearl per le maniere forti. La irritava terribilmente che avessi trascurato le mie lezioni di magia.

"Ah, dimenticavo. Non sai come fare." Zia Pearl espose il labbro inferiore in un falso broncio.

Non volevo altro che dimostrarle che si sbagliava. Ma non sapevo fare nemmeno quello. Tutto quello che potevo dimostrare erano un'impresa fallita, qualche spicciolo e sfortuna. Sembrava che tutto fosse contro di me. La mia vita faceva schifo e non avevo idea di come migliorarla.

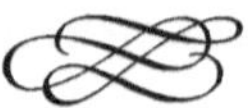

CAPITOLO 2

*L*anciai un'occhiataccia a zia Pearl. Solo perché i poteri soprannaturali della famiglia West erano il segreto di Pulcinella nei dintorni di Westwick Corners, questo non significava che dovevamo sbandierarli. Per generazioni avevamo operato la politica del "non chiedere, non dire". Considerato che Wilt era nuovo in città, probabilmente non sapeva niente della nostra stregoneria. Fino a zia Pearl, ovviamente.

"Smettila di preoccuparti di cose banali e salta su. Ti accompagnerò io al colloquio di lavoro." Zia Pearl mi regalò un sorriso tenero tirato, che sapevo essere falso.

Wilt si accigliò, mostrando il suo disappunto all'idea che andassi insieme a loro.

Avevo paura a chiedere. Ma lo feci comunque. "Perché ti serve un camper?" Avrei anche voluto chiedere alla zia perché aveva bisogno che Wilt la accompagnasse, ma mi sembrava scortese fare la domanda con lui presente.

Zia Pearl alzò gli occhi al cielo. "Non ne ho bisogno, Cen. Lo voglio. È il mio personale albergo su ruote. Lo chiamo il Palazzo di Pearl."

Era evidente che l'aveva creato con la magia, ma non potevo

parlarne di fronte all'inserviente della stazione di servizio. Il fatto che la famiglia West fosse composta da streghe non era proprio un segreto ben conservato a Westwick Corners.

Dal momento che zia Pearl faceva continuamente sfoggio dei suoi poteri magici, mi chiesi quanto aveva visto questo tizio. Il nuovissimo camper da dieci metri non passava certo inosservato e probabilmente costava più di quanto io avrei potuto guadagnare in due anni. Se fosse stato vero, cosa che non poteva essere. Come la carrozza di Cenerentola, sarebbe svanito nel nulla dopo un po'. Se eri un passeggero, era un po' come stare seduti su una specie di bomba a orologeria.

"Ti accompagnerò io," disse. "Shady Creek è sulla strada per Vegas. Nessun problema."

Contro i miei principi, acconsentii.

Zia Pearl aprì la porta del camper e mi fece segno di entrare. "Salta su. Devo raccogliere un altro passeggero, poi passeremo a Shady Creek e ti lasceremo giù."

Non riuscivo a immaginare qualcuno che volesse andare in vacanza a Las Vegas con zia Pearl. Nessuno dei suoi pochi amici viveva nei dintorni. Non che fosse un mio problema, mi dissi. Alcune cose era meglio non saperle.

Mi sistemai nell'angolo cottura e allargai il vestito per farlo asciugare più rapidamente. Trovai strano che la zia non avesse iniziato con la sua solita tiritera di utilizzare la magia per andare a fare il colloquio. Aveva criticato la mia mancanza di pratica, ma comunque era stata pronta a offrirmi un passaggio.

Zia Pearl si arrampicò al posto del passeggero e si girò all'indietro. Fece un cenno verso il posto dell'autista, occupato dall'inserviente magrolino. "Ho assunto Wilt come autista."

Avevo dimenticato che zia Pearl non guidava. "E l'altra persona?"

Fece segno di lasciar perdere. "È un lungo viaggio per qualcosa di queste dimensioni. Comunque, sono ricca. Posso permettermi l'autista."

A dire il vero, mi sembrava comunque strano che Wilt avesse accettato. Ma era meglio non farne un affare di stato perché zia Pearl si irritava facilmente.

Tornai a pensare al colloquio. Avrei avuto bisogno di tornare indietro da Shady Creek, ma me ne sarei preoccupata poi.

Non c'è niente di peggio di una strega sfortunata. A parte forse una strega un po' troppo fortunata. Mettile insieme e potrebbe succedere qualunque cosa.

CAPITOLO 3

"Allacciate le cinture." Zia Pearl agganciò la sua e si mise a gridare. "Vegas, baby, o morte!"

Con uno strappo in avanti e una sgommata lasciammo il parcheggio della stazione di rifornimento. "Wow. Non avrei mai detto…"

La zia si girò da dove stava seduta. "Rilassati, Cen. Ti accompagneremo al colloquio di lavoro."

Mi aggrappai al tavolino della zona cucina mentre Wilt girava bruscamente su Main Street. Probabilmente avevo un desiderio di morte o qualcosa del genere. Non vedevo altro motivo del viaggiare con un autista pazzo e una strega bisbetica.

"Stiamo andando dalla parte sbagliata!" Wilt e zia Pearl o mi ignorarono o non sentirono. A parte il fatto che non eravamo diretti a Shady Creek, la guida di Wilt faceva presagire il peggio.

Eppure ero lì, apparentemente in condizione di non poter agire. Wilt arrivò ai confini della città e si inerpicò sulla strada serpeggiante che portava al Westwick Corners Inn.

"Perché andiamo a casa?" La dimora della mia famiglia era stata trasformata in un grazioso bed and breakfast frequentato soprattutto nei weekend. Noi vivevamo lì, quindi ora mi ritrovavo al punto di partenza. A parte che non avevo più la mia auto.

A ogni minuto la possibilità di arrivare in tempo al colloquio di lavoro mi sembrava sempre più remota. Mi allungai per prendere la borsetta al mio fianco e in quel momento mi resi conto che l'avevo lasciata sul sedile del passeggero della mia auto.

La mamma ci salutò mentre il camper faceva il giro del vialetto. Poi salì all'interno trascinandosi dietro una grande valigia, che posò sul letto posteriore. Dopo pochi secondi tornò nell'area cucina col fiato corto e si lasciò cadere su una panca di fronte a dove stavo io. "Era davvero pesante."

"Mamma? Cosa succede? Non puoi lasciare la locanda. Ci sono degli ospiti in arrivo." La locanda non poteva andare avanti senza Mamma. Era lo chef, il manager e l'impiegato della reception, tutto nella stessa persona. Zia Pearl ufficialmente era responsabile della manutenzione, ma era completamente inaffidabile. Io di solito ero di supporto alla zia, dal momento che lavorava in orari imprevedibili e soprattutto non dava retta a nessuno. Era prima di tutto una strega e il suo lavoro alla locanda aveva una priorità bassissima.

Io, dall'altra parte, mi barcamenavo tra un paio di lavori che portavano poco guadagno. Lavorare per me stessa o per la mia famiglia non mi permetteva di tirare avanti né dal punto di vista economico né altrimenti. Se volevo un futuro, dovevo cercare altre strade. Il *Shady Creek Tattler* non rappresentava esattamente l'America delle grandi aziende, ma almeno era un passo avanti rispetto a qualunque cosa nella piccola Westwick Corners.

Zia Pearl ci interruppe. "Dobbiamo occuparci con urgenza di affari di famiglia, Cen. Non abbiamo tutto il giorno, quindi smetti di fare domande e lascia che Ruby riprenda fiato."

"Di cosa stai parlando? La locanda sono gli affari di famiglia."

"Ti spiegherò dopo." Zia Pearl agitò le mani con impazienza. "Dobbiamo andare prima che sia troppo tardi."

"Voglio una spiegazione, ora." Incrociai le braccia.

"Mi dispiace, ma la nostra è una missione top secret. Si deve sapere solo il necessario e al momento non hai bisogno di sapere niente. Ti racconterò quando sarà il momento." Zia Pearl lanciò un'occhiata all'orologio poi si girò verso l'autista. "Siamo in ritardo. A tavoletta, Wilt."

La forza di gravità mi spinse con violenza indietro sul mio sedile mentre il camper accelerava.

"È tutto a posto, Cen." La mamma lanciò uno sguardo incerto a zia Pearl. "Non abbiamo ospiti fino a venerdì e io mi annoio. Un viaggetto mi farà bene."

Mi accigliai. La mamma era una pessima bugiarda. Era evidente che zia Pearl l'aveva convinta. Qualunque cosa fosse doveva essere abbastanza seria per farle lasciare la locanda e la città.

"Ah, sì?" La grossa valigia della mamma mi rendeva ancora più sospettosa sul fatto che il viaggio fosse improvvisato. Aveva avuto tempo di prepararla, quindi doveva essere una cosa organizzata con anticipo.

La mamma non rispose e invece si aggrappò al tavolino mentre il camper ballonzolava lungo la ripida collina che si allontanava dalla nostra proprietà, diretto verso la strada principale che portava fuori città.

La mamma sembrava stressata, anche se cercava di non mostrarlo. "Che bello stare seduti. Questo camper è più grande di quello che pensavo."

"Da dove arriva questo camper, zia Pearl?" Sembravano tutti al corrente della sua storia tranne me.

Nessuna risposta.

"Zia Pearl?"

La zia si girò e sogghignò stringendosi il naso tra il pollice e l'indice. "Gesù, Cendrine, puzzi in modo indicibile."

"Non cambiare argomento. È la benzina. Mi stavi aiutando a pulire, ti ricordi?"

Zia Pearl mi ignorò e aprì il finestrino dalla parte del passeggero.

La mamma fece un cenno di assenso. Era seduta di fronte a me nell'angolo cucina. "Nessuno ti assumerà con questa puzza di benzina. È meglio se rimandi il colloquio."

"Non lo rimando." Aprii il finestrino nella speranza che il vento portasse via la puzza. Rimaneva poco tempo, ma avevo ancora una possibilità di arrivare in orario. Tutto quello che dovevo fare era restare in silenzio e collaborare finché mi avessero scaricata a Shady Creek.

Mi guardai intorno e notai una bottiglia d'acqua mezza piena appoggiata nel lavandino. Mi alzai per prenderla barcollando sui tacchi mentre il camper scendeva la collina a tutta velocità. Poi ci fu una brusca frenata al segnale di stop alla fine del vialetto. Con la stessa rapidità Wilt diede gas e girò l'angolo ripartendo di scatto. Recupererai l'equilibrio e presi la bottiglia d'acqua. Mi ero a malapena riseduta al mio posto che il camper slittò verso il lato sbagliato della strada per poi ritornare in carreggiata. Io svitai il tappo e versai un po' d'acqua sul davanti del vestito.

La mamma alzò un sopracciglio. "È un po' presto per quello, non pensi?"

Restai sbalordita dal suo commento ma poi riconobbi l'odore. La bottiglia conteneva vodka, non acqua.

Ora puzzavo di alcol. Non sarei mai riuscita a passare il controllo di sicurezza, figuriamoci arrivare al reparto delle risorse umane. Non avevo nemmeno fatto il colloquio e già non rispettavo le regole sulla droga e l'alcol.

Imprecai sottovoce e mi rivolsi alla mamma. "Non posso andare al colloquio così. Puoi darmi un aiuto speciale?" Era la nostra espressione in codice per riferirci agli incantesimi. Mi preparai a una ramanzina sul fatto che avevo trascurato le mie lezioni di magia. La mamma di solito era più comprensiva di zia Pearl, ma entrambe criticavano la mia mancanza di impegno. Dovevo ammettere che avevo altre priorità. Ma loro avevano ragione su una cosa. Non avrei saputo fare un incantesimo nemmeno per salvarmi la vita.

"Non capisco perché tu senta il bisogno di lasciare Westwick Corners." Mamma scosse la testa dispiaciuta. "Puoi avere un lavoro a tempo pieno alla locanda, se vuoi. Non hai bisogno di un lavoro come giornalista in un'altra città. Il giornalismo non è la tua vocazione, Cen, e non capisco perché ti vergogni tanto delle tue origini. Potresti avere praticamente tutto se solo facessi un po' di pratica con la magia."

Rimasi in silenzio. Non potevo spiegare a due streghe esperte che io volevo l'unica cosa che la magia non avrebbe potuto darmi: integrarmi ed essere una normale donna di 20 e passa anni, con un lavoro normale e una famiglia normale. Io desideravo ardentemente essere accettata, qualcosa che semplicemente non si ottiene con un incantesimo. Volevo essere come tutti gli altri. "Io voglio solo vivere la mia vita. La magia causa più problemi del necessario qualche volta."

"Hai un tale talento naturale, Cen." Sospirò Mamma. "Stai sprecando le tue capacità. Un giorno ti sveglierai e te ne renderai conto ma sarà troppo tardi. Io semplicemente non voglio che tu ti debba pentire."

Mi ingobbii. Anche la mamma era dalla parte di zia Pearl. Ero scioccata. "Zia Pearl non ha vinto sul serio la lotteria, vero?" Ero sicura che questa fosse una delle bugie bianche di mia zia. "L'ha creato con un incantesimo."

La mamma scosse la testa. "È reale, Cen. Wilt le ha venduto il biglietto vincente alla stazione di rifornimento. È uno dei motivi per cui l'ha assunto come autista."

Neanche a farlo apposta, zia Pearl si girò. "È il mio portafortuna."

Fui inchiodata all'indietro sul mio sedile quando Wilt schiacciò l'acceleratore. "L'estrazione della lotteria è stata ieri sera. Non ha avuto il tempo di incassare la vincita, figuriamoci comprare un camper."

"Conosci Pearl. Lavora in fretta."

Proprio quello che temevo. Zia Pearl poteva creare scompiglio in pochi minuti. Scivolai lungo la panca e puntai il piede in basso in modo da evitare di cadere nel corridoio.

Il camper vibrò mentre prendeva velocità e sfidava il vento. Ero terrorizzata, non avevamo nemmeno lasciato la rampa dell'autostrada.

"Rallenta!" Le nocche delle mani mi divennero bianche tanto stringevo il tavolino.

Wilt ignorò la mia richiesta mentre procedevamo sbandando verso l'autostrada.

Dopo pochi minuti la sirena della polizia ululò alle nostre spalle. Le luci lampeggianti si riflettevano nello specchietto retrovisore mentre Wilt tentava barcollando di fermarsi a lato della strada. Ricaddi sul mio sedile, sollevata dal fatto che fossimo stati fermati. La sosta ci aveva probabilmente salvati da un carnaio sull'autostrada.

Il volto di mamma si fece bianco come un fantasma. Spalancò il finestrino e si sporse vero l'esterno. Sembrava che stesse per vomitare.

Mi girai per dire qualcosa a Wilt, ma era troppo occupato a imprecare e ad abbassare il vetro per ascoltarmi.

Piegai il collo e vidi il SUV dello sceriffo parcheggiato dietro al camper, di sbieco, nello stile della polizia.

Ottimo.

Lo sceriffo Tyler Gates era l'ultima persona che desideravo vedere in quel momento. Non perché non mi piacesse. In effetti, mi piaceva molto. Troppo, forse. Avevo rotto il fidanzamento con un altro uomo a causa sua, solo che lui non lo sapeva. Non lo avrei mai ammesso, ma era la verità.

"Lo sta facendo di nuovo. Sono perseguitata." A zia Pearl lo sceriffo non piaceva nemmeno un po'. Non avevo alcun dubbio sul fatto che la mia poco legale zia stesse per metterci tutti quanti in imbarazzo.

Tyler e io stavamo uscendo insieme in segreto da qualche mese, ci vedevamo a Shady Creek per evitare i pettegolezzi e l'interferenza di zia Pearl. Era riuscita a far scappare tutti gli altri sceriffi della città e perdere Tyler era un rischio che non volevo correre.

Mi accasciai sul sedile, sperando che Tyler non mi vedesse mentre camminava davanti al finestrino del camper.

Mi notò subito e mi sorrise. Io sorrisi a mia volta e Mamma fece un rapido cenno.

Zia Pearl borbottò qualcosa dal sedile davanti.

"Ciao Pearl." Tyler scrutò all'interno dal finestrino del guidatore. Sembrava riuscire a tenere testa alla mia bizzosa zia.

Zia Pearl grugnì senza farsi sentire. Sospettavo che avesse altri assi nella manica oltre a una magica vincita alla lotteria e a un camper creato con l'incantesimo.

Trattenni il fiato, sperando che non scoppiasse una lite.

Lo sguardo di Tyler si spostò verso la mamma e me. Fece un cenno e sorrise. Per una frazione di secondo pensai di chiedere a Tyler un passaggio fino a Shady Creek, ma scacciai l'idea nello stesso istante. A parte far infuriare zia Pearl, avrebbe potuto rivelare la nostra relazione segreta.

"Patente e libretto, per favore." Tyler Gates osservò attentamente all'interno mentre aspettava i documenti. "Andate in vacanza?"

"Siamo diretti a Vegas," disse Pearl. "È contro la legge?"

Tyler assunse un'espressione sconsolata mentre i suoi occhi fissavano i miei.

Io scossi la testa. Nessuno andava a Vegas, men che meno io. Anche se avevo perso il colloquio, ce l'avrei fatta per il nostro appuntamento. Tyler e io avevamo in programma di cenare in un grazioso nuovo ristorante francese a Shady Creek, lontano dagli occhi indiscreti di familiari e amici. Fino a quel momento, non volevo che si avvicinasse tanto da vedere o sentire l'odore del mio vestito rovinato. Avrei comprato un vestito nuovo appena terminato il colloquio.

La traccia di un sorriso comparve sulle labbra di Tyler mentre si girava verso zia Pearl. "No, ma un fanalino rotto lo è: dovete aggiustarlo."

"Stiamo andando a comprarlo, agente," disse Wilt. "Il pezzo di cui abbiamo bisogno è a Shady Creek."

Mi rilassai a sentir nominare Shady Creek. Ultimamente il mio tempismo faceva davvero schifo, proprio come nel caso di questo colloquio. Come se fosse intervenuto il destino o qualcosa del genere. Forse era positivo, dato che avrei preferito non lavorare allo *Shady Creek Tattler*. Ma comunque dovevo guadagnarmi da vivere.

Scivolai più vicino al finestrino per far evaporare l'odore di *eau de* benzina. Il vestito si era asciugato in fretta grazie al calore estivo. E a parte il leggero puzzo, non c'erano macchie visibili. Forse alla fine sarebbe andato tutto bene.

Lo sceriffo ci lasciò andare con una raccomandazione e Wilt promise che avrebbe sostituito al più presto il fanalino.

Mi concentrai sull'autostrada quando superammo l'indicazione che ci informava che avevamo raggiunto la città di Shady Creek. Sentii un barlume di speranza guardando l'orologio. Non eravamo rimasti fermi a lungo quanto pensavo. C'era una piccola possibilità che potessi fare il mio colloquio, dopo tutto, grazie alla velocità eccessiva di Wilt. Cosa che, a giudicare dall'espressione atterrita di Mamma, la stava davvero spaventando.

Era strano che la mamma avesse intrapreso quel viaggio, dato che in generale odiava ogni genere di viaggio. Era già raro che andasse a Shady Creek. Las Vegas avrebbe potuto anche essere su un altro pianeta. Probabilmente la mamma si era aggregata per il timore che Pearl si cacciasse in un mare di guai.

Improvvisamente il camper ondeggiò e sbandò superando la linea di mezzeria. La foresta che fiancheggiava l'autostrada divenne una confusione di verde, marrone e asfalto.

Girai la testa dalla parte opposta mentre percorrevamo l'autostrada a tutta velocità e superavamo l'uscita di Shady Creek. "La mia uscita è appena passata."

Wilt si girò indietro e il camper sterzò finendo sulla corsia opposta.

"Guarda la strada!" Le nocche di Mamma diventarono bianche dalla forza con cui stringeva il tavolino. "Ci ucciderai!"

Io gridai mentre cadevo dalla panca nel corridoio, sicura che fossimo sul punto di avere uno scontro frontale. Rotolai sul pavimento per un paio di metri prima di andare a sbattere contro un mobiletto della cucina.

Con la stessa rapidità il camper sterzò di nuovo e tornò in carreggiata. Mi alzai in piedi appena in tempo per vedere che avevamo giusto sfiorato un rimorchio che andava nella direzione opposta. Eravamo sulla corsia sbagliata di un'autostrada a quattro corsie. Wilt era meno abile come autista di quanto lo fosse come inserviente alla stazione di servizio. Il viaggio puntava dritto verso il disastro.

Ripresi il mio posto nell'angolo cucina, senza fiato. Cercai il cellulare ma non lo trovai. Imprecai quando mi resi conto che sia il cellulare che il numero dello *Shady Creek Tattler* erano ancora nella borsetta sul sedile dell'auto. Erano passati cinque minuti dall'ora fissata per il colloquio e noi eravamo diretti dalla parte opposta.

Avevo perso la mia occasione. Era poco probabile che il giornale fosse interessato ad assumere una giornalista che saltava l'appuntamento senza nemmeno avere la decenza di avvisare.

Non potevo nemmeno chiamare Tyler. Avrei potuto non essere in condizioni di presentarmi al nostro appuntamento. Cosa avrebbe pensato di me?

Zia Pearl si girò. "Cen, smettila di agitarti. Non hai bisogno di quel lavoro. A dire il vero, non avrai più bisogno di lavorare un solo giorno in vita tua. Ci penso io. Ho vinto la lotteria, ricordi?"

"Quanto hai vinto, esattamente?"

La zia mi congedò con un gesto della mano. "Tutto quello che devi sapere è che pago con soldi veri. Ma devi superare il periodo di prova, ovviamente."

Sospirai. Un'altra scusa di zia Pearl per darmi continuamente ordini. La vincita alla lotteria era solo un'altra delle sue bufale. Non avevo creduto alla sua spudorata storia nemmeno per un minuto e l'ultima persona di cui volevo essere alle dipendenze era la mia bizzarra zia. "Perché il camper? Sai che le regole del WICCA proibiscono di usare la magia solo per il gusto di farlo."

Il WICCA, *Witches International Community Craft Association*, aveva regole severe riguardo l'uso frivolo della magia. Ogni incantesimo doveva avere una motivazione e l'uso indiscriminato di incantesimi era punito con una multa salata. Zia Pearl trascurava le regole con totale sconsideratezza e riusciva sempre a cavarsela.

Era contro le regole anche parlare apertamente di stregoneria, ma a questo punto ne avevo abbastanza. Davvero non mi importava niente se Wilt mi sentiva o no.

"Non contravvengo a nessuna regola," scattò zia Pearl. "Se tu facessi più pratica con la magia sapresti che ci sono delle scappatoie."

"Non litigate." La mamma si rivolse a me. "Sei troppo suscettibile, Cen. Hai davvero bisogno di questa vacanza."

Zia Pearl apparentemente aveva stregato la mia nevrotica mamma e l'aveva trasformata in uno zombie rovesciato. Eravamo stati tutti rapiti, che lo sapessimo o no. L'unica cosa che mi dava un po' di sollievo era che almeno il camper non era rubato. Lo sceriffo Tyler Gates aveva di sicuro controllato la targa quando ci aveva fermati.

Superammo l'uscita successiva in un lampo e io ebbi la sensazione che non ci fosse possibilità di tornare indietro. Mi girai verso la mamma. "Lasci che mi rapisca?" A parte aver perso l'uscita, stavamo acquisendo velocità con una rapidità allarmante. Il cuore mi batteva più veloce mentre il camper barcollava di nuovo contrastando la spinta del vento. Legai più stretta la cintura di sicurezza.

"Dai Cen, sai che Pearl non infrange volutamente le regole." Le parole di Mamma erano in aperto contrasto con il linguaggio del corpo. Il colore lasciava il suo volto mentre si aggrappava al tavolino. La Mamma stava nascondendo qualcosa. "Solo se è assolutamente necessario."

"Non è mai necessario," protestai. Zia Pearl di solito agiva e poi avvisava. Io desideravo solo che fosse un po' più rispettosa della legge e un po' meno combina-guai. Ma aveva già avuto la sua buona dose di scontri con lo sceriffo Tyler Gates e la legge fuori dai confini di Westwick Corners non era certo così indulgente.

"Non mi interessa quale sia il motivo. Gira questo coso e riportami indietro."

"Neanche per sogno, signorina." Zia Pearl cacciò uno strillo e agitò in aria il pugno ossuto. "Whoo-hoo! Vegas, baby, arriviamo!"

"Fatemi scendere, torno indietro con l'autostop."

"Tu non fai l'autostop." La mamma agitò il dito. "Sai quanto è pericoloso? Non posso lasciartelo fare."

"No." Zia Pearl si alzò dal posto del passeggero e si unì a noi al tavolino di cucina. "Devi venire con noi a festeggiare."

"Non capisco. Se davvero hai vinto milioni alla lotteria, perché giocare d'azzardo e rischiare di perdere tutto?" Non avevo mai capito perché i vincitori delle lotterie continuavano a giocare. Io avrei lasciato perdere l'azzardo e mi sarei accontentata della mia buona sorte. In ogni caso, non ero molto fortunata, quindi le possibilità che questo potesse succedere erano remote.

"È la scarica di adrenalina." Mamma fece un cenno di assenso verso zia Pearl. "Non può farci niente."

Lanciai un'occhiata a Wilt al posto dell'autista che, per una volta, era concentrato sulla strada e non sulla nostra conversazione. "Sei una strega, lo puoi dire forte. Puoi creare praticamente ogni cosa dal nulla con un incantesimo."

"La Vegas-mobile non è magia, Cen. È un test drive della Shady Creek Motors."

"Dubito che pensassero che avresti fatto un viaggio su strada di diciassette ore."

Zia Pearl alzò le spalle. "Mi hanno detto che potevo tenerlo quanto volevo. Mi sento fortunata e voglio andare nella città del peccato."

"Il gioco d'azzardo non premia."

"Forse non te, Cen," Disse zia Pearl. "Perché sei una tale criticona?"

"Sono solo pratica riguardo..."

Zia Pearl alzò gli occhi al cielo. "Ok, allora festeggeremo la mia vincita alla lotteria, ma questa non è la vera ragione del viaggio."

"Festeggiamo la vita," Aggiunse la mamma.

"È morto qualcuno? Chi? Non conosciamo nessuno a Vegas."

Zia Pearl ignorò la mia domanda. "Andremo al funerale, forse a un paio di spettacoli e a fare un po' di shopping. Una serata tra ragazze."

"Ci vorrà tutta la notte per arrivarci. Las Vegas è a diciotto ore di viaggio da qui."

"Qualche volta si devono cambiare i piani," disse zia Pearl. "Sei così inflessibile da essere ridicola."

"Ma io ho i miei progetti. Non potete stravolgerli così, senza chiedermelo." Ero chiusa in una prigione di acciaio e vetroresina che barcollava lungo l'autostrada, senza via d'uscita.

"Mi dispiace, Cen, ma c'è bisogno di te al funerale." Mamma mi picchiettò la mano. "Questa è una festa a cui non puoi mancare."

CAPITOLO 4

Avevo un mal di testa martellante a causa dei fumi della benzina e dell'alcol che emanavano dal mio vestito. La stoffa si era asciugata ma l'odore in qualche modo si era concentrato. Sembrava permeare ogni angolo e accessorio del camper a mano a mano che proseguivamo. Forse perché zia Pearl si rifiutava di accendere l'aria condizionata e invece aveva alzato il riscaldamento.

Mi asciugai il sudore dalla fronte mentre cercavo di capire qualcosa sul misterioso funerale e sullo strano corso degli eventi. "Chi è morto? E io cosa c'entro?"

"Prima o poi ti spiegheremo tutto. Ma in questo momento abbiamo un lavoro da fare." La mamma mi osservò con occhi pieni di sentimento. "Abbiamo bisogno del tuo aiuto, Cen. Ti ricordi della signora Racatelli?"

"La donna della mafia?"

"Non chiamarla così. Carla aveva una sua vita. Comunque non c'è alcuna prova che metta in collegamento Tommy con la mala. Era semplicemente uno che viaggiava molto e faceva orari strani."

"Dai, mamma. È andato in galera per ricettazione. Di quali altre prove hai bisogno?" Tommy 'piedini di fata' Racatelli aveva anche fraternizzato con alcuni dei mafiosi importanti. "Aspetta un attimo:

Carla Racatelli non si era trasferita a Las Vegas?" Conoscevo appena Carla, ma alla scuola superiore ero con suo nipote, Rocco. Sia Carla che Rocco avevano improvvisamente lasciato la città dopo la morte di Tommy, senza dare spiegazioni.

Mamma annuì e si asciugò una lacrima. "È morta un paio di giorni fa e noi siamo state convocate."

"Convocate da chi?" In pochi avevano il genere di potere necessario per convocare la famiglia West. Nemmeno i mafiosi. La famiglia West discendeva da una linea ininterrotta di potenti streghe. Nel mondo soprannaturale godevamo di un certo status.

Tranne me, ovviamente. Il nome West mi dava diritto a un po' di rispetto, ma le mie capacità come strega erano a un livello infimo. Ero un fallimento in qualunque cosa riguardasse la stregoneria e il soprannaturale. Le capacità speciali portavano ogni sorta di cose imprevedibili e io desideravo una vita normale; il genere di esistenza libera che tutti, tranne me, sembravano avere.

Zia Pearl era un'altra storia. I suoi poteri erano leggendari e lei non rispondeva a nessuno. Era tutt'altro che normale, anche nel mondo delle streghe. Pochi potevano convocarla e ancora meno ottenere da lei collaborazione e rispetto.

"Carla ci ha chiamate." Il volto di zia Pearl guardava la strada di fronte a sé e io non potevo decifrare la sua espressione. Non era da lei piangere, ma mi sembrò di sentirla tirare su con il naso.

"Ma è morta. Non capisco come…"

"Ci sono tante cose che non capisci, Cendrine," scattò zia Pearl. "Smettila di discutere."

"Ma non posso semplicemente lasciare tutto e andare," protestai.

"Non hai scelta in questo caso. Dobbiamo andare tutte."

"Ma se la signora Racatelli è morta, non è un po' tardi?" Carla Racatelli era stata la migliore amica di zia Pearl, fino al momento della sua improvvisa partenza da Westwick Corners. Zia Pearl non aveva più parlato di lei fino a quel momento, e ora era tutta piangente e ansiosa di partecipare al suo funerale. Era quanto meno strano.

"Non è mai troppo tardi per raddrizzare un torto. Dobbiamo cancellare la maledizione dei Racatelli." Mamma prese un fazzoletto dalla borsetta e si asciugò una lacrima. "Ci sono cose che tu non capisci, Cen."

"Mettimi alla prova." Ero sempre più frustrata e scettica sulla possibilità di ottenere la verità. Ero ben conscia del gap generazionale ma avevo ventiquattro anni ed ero abbastanza adulta per meritare un po' più spiegazioni. Le maledizioni erano decisamente sopravvalutate. Non l'avrebbero presa bene nella mia famiglia di streghe, ma io credevo davvero che ci fossero ragioni logiche per le cose che andavano male.

La mamma scosse la testa. "Non ora, Cen. Lo scoprirai prima di quanto pensi."

"Sei peggio di zia Pearl. Se devo essere rapita ho diritto di sapere il motivo."

"Andiamo al funerale di Carla e allo stesso tempo ci occuperemo di alcune cose. È tutto quello che posso dirti per ora. Agiamo sulla base di quello che sappiamo al momento." La mamma lanciò un'occhiata a zia Pearl seduta al posto davanti e abbassò la voce. "Ti dirò di più quando sarà il momento. Ci saranno alcune persone molto interessanti al funerale."

"Se questo dovrebbe catturare la mia attenzione, non funziona." Il tono conciliante della mamma mi aveva irritata. Mi infastidiva anche che prendesse le parti di zia Pearl.

"Ci saranno dei mafiosi, Cen. Tipi tosti che non possono competere con la magia." Sorrise.

"Mischiarsi a dei criminali è una pessima idea, Mamma. Mi sorprende che tu vada dietro a zia Pearl." Mamma era eccessivamente prudente, di certo non una che si vantava dei suoi poteri.

"Facciamo un buon affare. C'è qualcuno che ha bisogno del nostro aiuto."

"Non capisco perché c'è bisogno di me. Sai che non riuscirei a fare un incantesimo anche se ne dipendesse la mia vita." Zia Pearl aveva convinto la mia mamma benefattrice che c'era bisogno dei suoi poteri soprannaturali, ma io non riuscivo a capire come c'entravo.

Non avevo nessun bisogno di salvare il mondo e non avrei potuto nemmeno se avessi provato. Ero una strega solo di nome. Conoscevo alcuni incantesimi ma niente che potesse servire contro una maledizione. La mia vera capacità era di stare addosso a zia Pearl e cercare di tenerla fuori dai guai.

"Per te sarà una buona lezione. Pensala come un'esercitazione sul campo."

"Non sono ancora pronta per quello. Mescolarsi ai mafiosi sembra un po' pericoloso." Avevo promesso a me stessa che non sarei mai tornata alla Scuola di Fascinazione di Pearl per riprendere le lezioni, ma non avevo ancora avuto il coraggio di dirlo alla mia famiglia. Per quanto ne sapevano, avevo solo preso un semestre di pausa dalle Perle di Saggezza di Pearl.

Mamma mi lanciò uno sguardo comprensivo ma per il resto mi ignorò.

Sospirai. "Zia Pearl ti ha fatto il lavaggio del cervello, non te ne accorgi?" Non capivo per niente il suo atteggiamento. "A parte questo, ho dei programmi per stasera."

Zia Pearl si girò dal suo posto. "Mettiamo in chiaro le priorità, signorina. Dobbiamo arrivare da Rocco prima che lo facciano i suoi nemici."

"Rocco?" Mi ero quasi dimenticata del nipote di Carla Racatelli, che, avendo la mia età, era abbastanza grande per unirsi al giro di affari della famiglia Racatelli. Era noto che la loro azienda di import-export era una facciata per coprire attività losche.

"Sì, Rocco." La mamma mi diede un colpetto sulla mano. "Ha disperatamente bisogno del nostro aiuto."

"No." Il mio appuntamento con Tyler sembrava più impossibile ogni minuto e ora gli avrei dovuto mentire. Non avrei potuto ammettere che ero una strega in missione e di certo non avrei potuto dirgli che andavo ad aiutare un mafioso. Mi gonfiai di rabbia.

"Quindi, Cen…" La mamma cominciò a parlare.

"Non avete certo bisogno di me."

"Ma certo che ne ho bisogno," disse zia Pearl. "Sei la mia forza."

"Ma peso solo qualche chilo più di te." Zia Pearl pesava quarantacinque chili ma io ero di qualche centimetro più alta e avevamo più o meno la stessa costituzione.

Zia Pearl sbuffò. "Guardati bene. Sei almeno dieci chili più di me, forse anche di più."

"Questo non fa di me il tipo della guardia del corpo." Andavo ogni tanto in palestra ed ero abbastanza in forma, ma non avrei certo intimorito i bravi ragazzi della mafia. Imprecai sottovoce. "La situazione diventa più assurda ogni minuto. Esigo che fermiate il camper per lasciarmi scendere."

"Non si può fare." Sogghignò zia Pearl. "Ogni tanto riesci a pensare anche agli altri oltre a te stessa?"

"Mamma?" La mamma di solito riusciva a far ragionare zia Pearl, ma aveva subito il lavaggio del cervello. Il funerale era stato il suo asso nella manica.

La mamma spostò lo sguardo. La sorella maggiore l'aveva costretta oppure le aveva fatto un incantesimo, o entrambe le cose. Qualunque fosse il motivo, la mamma era del tutto dalla sua parte.

Mi girai verso di lei. "Sei sicura che non ci siano ospiti in arrivo?" Gli affari non erano proprio floridi, ma avevamo sempre una o due camere prenotate per il weekend. Non ci potevamo permettere di trascurare nessuno.

"Questa è la parte migliore, Cen. Staremo a Vegas un paio di giorni e torneremo venerdì, in tempo per l'arrivo dei nostri ospiti." La mamma sorrise e si appoggiò allo schienale della poltrona girevole. "Rilassati e goditi il viaggio."

La mamma era sempre esageratamente ansiosa, ma al momento sembrava così rilassata che mi venne il dubbio che fosse drogata, o peggio. Mi girai verso zia Pearl. "Le hai fatto un incantesimo. Annullalo."

"Rilassati, Cen. Ruby ha lavorato troppo ed era proprio ora che si prendesse una vacanza, e Vegas è il posto perfetto. Cosa c'è di male nell'aiutarla a rilassarsi? Prendi un calmante."

"No." Strinsi i denti, determinata a non arrendermi.

Mi trovai davanti un muro di silenzio.

"Almeno lasciami usare il tuo telefono per chiamare lo *Shady Creek Tattler* e spiegare. Non posso semplicemente non presentarmi al colloquio."

"Non c'è bisogno. Ho già chiamato io per annullare il tuo appuntamento." Sogghignò zia Pearl.

"Cosa hai fatto?" Il mio volto arrossì dentro al camper soffocante.

"Ti ho fatto un favore. Renditi conto, Cen. Non sei proprio la più grande giornalista dei dintorni."

Le parole di zia Pearl colpirono nel segno. Probabilmente aveva ragione. E, peggio ancora, non potevo usare il suo telefono per chiamare Tyler o avrebbe scoperto la nostra relazione segreta.

"Per l'ultima volta, tu vieni con noi." Zia Pearl tolse dalla tasca il biglietto accartocciato e me lo agitò davanti. "Il mio biglietto vincente è il motivo per cui possiamo andare a dare l'ultimo saluto a Carla. Nessuna magia. Ho vinto davvero senza trucchi i soldi alla lotteria. Ne ricaveremo una bella vacanza."

Alzai gli occhi al cielo. "Non avresti dovuto prima incassare la vincita?"

La zia mi allontanò con un cenno della mano. "C'è tutto il tempo di farlo in seguito. Andrò a ritirare la vincita quando torniamo."

Incrociai lo sguardo di Wilt nello specchietto retrovisore. Anche lui aveva qualche dubbio.

Mi girai sul mio sedile. Per la prima volta osservai attentamente l'interno del camper. Era arredato con gusto e completamente nuovo. Doveva valere più di centomila dollari, ma ero sicura che la storia della lotteria di zia Pearl era una bugia. Mi allungai e le diedi un colpetto sulla spalla. "E se tu avessi sbagliato quando hai controllato i numeri?"

Silenzio. Di nuovo l'udito selettivo di zia Pearl.

"Hai rapito anche Wilt? Che ne sarà del suo lavoro alla stazione di servizio?"

"Ora lui lavora per me." Zia Pearl si girò e fissò fuori dal finestrino.

"Wilt, accosta e fammi scendere." Non avevo praticato la magia abbastanza da poter fare un incantesimo di teletrasporto, ma avrei comunque potuto fare l'autostop. "Troverò un passaggio per tornare in città."

Questo attirò l'attenzione di Mamma, nonostante l'incantesimo di zia Pearl. "Te l'ho già detto, non farai niente del genere. Ma Pearl, hai detto che Cen aveva acconsentito a venire."

Zia Pearl buttò in aria le braccia, quasi colpendo la mano di Wilt e rischiando di fargli lasciare il volante. "Per l'ultima volta, non ci fermiamo e tu non fai l'autostop. Andremo tutti a Vegas per partecipare alla celebrazione della vita di Carla Racatelli." Fece una pausa e poi aggiunse rapidamente: "Quando avremo porto il nostro omaggio, prenderò in considerazione la tua richiesta."

I minuti successivi furono un ricordo confuso perché il camper aveva lasciato l'asfalto e correva sulla spalletta di ghiaia.

CAPITOLO 5

Riprendendo coscienza sentivo l'asfalto bollente che mi bruciava la guancia. Vedevo tutto grigio. Gli occhi piano piano misero a fuoco il cemento e mi resi conto che ero atterrata a pochi centimetri dalla struttura di cemento che divideva l'autostrada.

Ero stata sbalzata fuori dal camper.

Rimasi immobile per alcuni secondi, inebetita. Fortunatamente niente di rotto, solo parecchie abrasioni dove avevo strusciato sulla strada. Mi misi a sedere e mi spaventai nel rendermi conto che ero in mezzo alle quattro corsie dell'autostrada. Un camion mi rombò accanto e mi mancò di pochissimo mentre a quattro zampe raggiungevo il bordo.

"Cos'era successo?" Il camper giaceva su un fianco, in parte infilato in un fosso sul lato opposto dell'autostrada. Io, in qualche modo, avevo saltato la corsia. Il lato esposto alla mia vista era ammaccato e segnato come se avesse rotolato un bel po' prima di fermarsi.

Nessuno rispose.

"Mamma? Zia Pearl?" Il cuore mi batteva forte mentre perlustravo la strada cercando qualche segno delle mie parenti o di Wilt. Infine vidi mamma e zia chine su Wilt che aveva perso conoscenza, una ventina di metri prima del camper. Fui percorsa da una sensazione di sollievo mentre mi mettevo in piedi. Mi faceva male dappertutto. Feci l'inventario di tutte le ammaccature mentre zoppicavo verso di loro.

"Un disastro dopo l'altro," mormorai tra me e me. Poi colsi un movimento con la coda dell'occhio. All'inizio pensai che il camper si stesse muovendo, ma non era così. Stava lentamente diventando trasparente. La prova che non era altro che un incantesimo di zia Pearl.

Doveva essere finto anche il biglietto della lotteria. L'unica cosa di cui ero sicura era il funerale di Carla Racatelli. Ero certa che nemmeno zia Pearl avrebbe mentito sulla morte della sua migliore amica. Speravo solo saremmo riusciti ad arrivare al funerale tutti interi.

Ero a pochi metri, abbastanza vicino per sentire Mamma e zia Pearl che discutevano.

"Non essere sciocca, è semplicissimo da sistemare," diceva zia Pearl. "È solo che non ho fatto durare abbastanza l'incantesimo."

"Non devi rischiare in questo modo le nostre vite, Pearl. Non farlo più."

"Smettila di essere una tale guastafeste e cerca di divertirti, per una volta." Gli occhi di zia Pearl si fissarono nei miei. "Ah, bene, mi chiedevo dove fossi andata."

Aprii la bocca per rispondere ma la mamma scosse la testa guardandomi. "Aiutami con Wilt."

La mamma scosse Wilt per le spalle e i suoi occhi sbatterono un po' prima di aprirsi. "Cos'è successo? Non ricordo niente."

"È tutto a posto, abbiamo urtato un cervo."

Wilt si stropicciò gli occhi e si mise seduto. "Non me ne ricordo, né che il camper si sia rovesciato."

"Sei ancora un po' incosciente. Ti tornerà la memoria," disse la mamma.

Wilt si alzò lentamente e scrutò l'autostrada. "Non vedo il cervo."

"È scappato." Odiavo dover coprire la mia famiglia, ma mi sentivo male per Wilt. "Chiamiamo qualcuno per recuperare il camper. Poi possiamo tornare a casa."

Zia Pearl borbottò qualcosa a bassa voce e il camper tornò a solidificarsi. Le ammaccature erano sparite. "Per niente. Siamo pronti per riprendere il viaggio."

Wilt guardò una seconda volta. "Ma io pensavo…"

"Hai preso un colpo alla testa e ora non riesci a pensare chiaramente," disse la mamma. "Né a vedere bene."

"Ruby ha ragione," disse zia Pearl. "Per un po' guiderò io."

"Io non ho intenzione di entrare in quel coso," protestai. "Non è sicuro." Con zia Pearl al volante ci saremmo cacciati dritto nei guai e non c'era modo di evitarlo.

"Invece devi. Dipende tutto da te, Cen."

"Perché da me? Non ha alcun senso."

"Ha perfettamente senso, Cen. Stai per trovare la tua vocazione." Zia Pearl mi strinse tra le sue braccia e mi abbracciò con calore.

A mia memoria era il primo abbraccio dalla zia, dura come acciaio, in tutti i miei ventiquattro anni. Avrei dovuto sentirmi bene, ma conteneva un che di disperato. Stava succedendo qualcosa e non ero sicura che mi piacesse.

* * *

ARRIVAMMO ALL'HOTEL BABYLON di Las Vegas la mattina presto, diciotto ore dopo aver lasciato Westwick Corners. Avevamo viaggiato tutta la notte, fermandoci solo per fare benzina. Ero malconcia, acciaccata e distrutta dall'incidente con il camper e dalla guida folle di Wilt e zia Pearl.

E il mio vestito puzzava ancora di benzina.

"Cen, ma guarda che posto!" La mamma indicava le enormi colonne di marmo che circondavano la reception e salivano verso l'alto nell'atrio multi-piano. "Questo è l'hotel e casinò dei Racatelli."

"Sono proprietari di questo albergo?" La loro fortuna aveva decisamente svoltato da quando, anni prima, a Westwick Corners, vivevano in affitto in una catapecchia di due stanze e tiravano avanti commerciando in rottami.

Avevo sempre sospettato che i rottami fossero una copertura per le attività illegali di Tommy Racatelli. L'improvvisa ricchezza sembrava dimostrare che l'albergo fosse stato acquistato con guadagni illeciti. A meno che, come zia Pearl, non avessero avuto un incredibile colpo di buona fortuna.

Qualunque fosse la verità, Lady Buonasorte sembrava essersene scappata. Prima per Tommy e ora per Carla. Rocco probabilmente sarebbe stato il prossimo. Speravo solo che lui non facesse parte di qualunque missione segreta stessimo per affrontare. A scuola mi prendeva sempre in giro e più ripensavo al mio antipatico compagno di classe, meno avevo voglia di rivederlo.

Mi guardai intorno mentre Mamma e zia Pearl facevano il check in. L'aspetto opulento dell'albergo si ispirava a una villa romana, completa di imponente cortile con fontane e giardini pensili. Ogni piano si affacciava sul cortile-reception. Essendo Las Vegas, non era all'aperto. Trentadue piani sopra l'atrio c'era una cupola di vetro che rifletteva la luce del sole. La scenografia era fatta per tenerti all'interno, non all'esterno.

Nella sterile reception, resa ancora più finta dall'aria condizionata, mi vennero i brividi nel veder passare alcuni giocatori d'azzardo con le occhiaie.

Non avevo ancora avuto altri dettagli sul perché fossimo lì. Tutto quello che avevo capito era che ero bloccata a Vegas, almeno temporaneamente. Avevo anche caldo, fame ed ero stanca e con un disperato bisogno di chiudere gli occhi. Pensai che dovevo chiamare Tyler non appena fatto il check in e scusarmi per non averlo raggiunto. Poi avrei dormito qualche ora e avrei cercato di capire come potevo tornare a casa, con o senza Mamma e zia Pearl.

CAPITOLO 6

On mi ero aspettata esattamente il comitato di benvenuto, ma le pallottole furono una vera sorpresa. Ci arrivavano addosso da ogni direzione, i bossoli che rimbalzavano sulle colonne di marmo. Corsi verso l'uscita e andai a sbattere contro due omaccioni grossi il doppio di me che correvano nella direzione opposta. Indossavano polo e bermuda. Sembravano turisti, a parte il fatto che agitavano in aria delle pistole. Il più piccolo dei due imprecò mentre mi spingeva via dal suo percorso.

La mia scarpa si impigliò nel tappeto e caddi, proprio mentre due uomini in abito scuro giungevano dal lato opposto. Stavano chiaramente inseguendo quelli in bermuda e si comportavano come se fossero i padroni.

Il cuore mi batteva forte mentre gli uomini si avvicinavano e il ritmo dei loro passi echeggiava sul pavimento di marmo. Ero bloccata e combattuta tra due scelte ugualmente pessime: restare ferma ma ben in vista o rannicchiarmi per cercare di nascondermi.

Strisciai verso un salottino e mi accucciai sotto un grande tavolo da caffè di mogano.

Gli spari smisero all'improvviso come erano iniziati.

Lasciai andare un sospiro di sollievo finché notai che entrambi gli uomini in abiti sportivi stavano ricaricando le pistole. Quelli in completo si fermarono a pochi metri da me, le pistole semiautomatiche puntate sugli avversari. Uno dei completi abbaiò un comando in una cuffia e pochi secondi dopo le porte dell'hotel si chiusero.

"Ehi, lasciatemi uscire!" Un uomo magro, con i capelli grigi, in jeans e t-shirt scuoteva la maniglia del portone senza successo. La porta non si muoveva. Si girò verso gli uomini con un'espressione colma di panico. Si accucciò dietro una fila di palme in vaso.

La gente gridava.

Una delle palme in vaso cadde e colpì il pavimento di marmo.

Eravamo intrappolati nel mezzo di una sparatoria. Non credevo che il cessate il fuoco fosse temporaneo, ma non avevo idea di cosa fare. Il panico crebbe nel mio animo mentre valutavo le possibilità. Ero protetta dal tavolino da caffè, ma il mio nascondiglio era proprio nel centro della reception. Ero paralizzata dal terrore. Qualunque mossa avessi fatto mi sarei messa sulla linea di fuoco.

Gli uomini si affrontarono, proprio a pochi metri dal mio nascondiglio sotto al tavolo di mogano. Rimasero in silenzio per alcuni secondi, valutandosi a vicenda. Uno dei completi sussurrò qualcosa che non riuscii a capire.

Qualcuno imprecò, poi scoppiò l'inferno. Si sentì uno sparo solitario. Non vedevo molto dal mio punto di vantaggio, ma dopo pochi secondi il più piccolo dei due tipi con la polo lasciò cadere la pistola e si accasciò. Barcollò per qualche passo mentre una macchia rossa si allargava rapidamente alla vita dei bermuda beige.

Il compagno afferrò l'uomo ferito sotto un braccio e lo trascinò verso l'uscita. Ero agghiacciata, incapace di muovermi. Ero sia una testimone che un bersaglio facile. Mamma e zia Pearl non si vedevano da nessuna parte.

I due completi arrivarono subito, ma si tenevano a una certa distanza dagli avversari vestiti casual. Non sembrava volessero far fuoco di nuovo. Se le pallottole erano un invito ad andarsene, erano abbastanza convincenti.

La porta telecomandata si aprì e gli uomini inseguiti vi sparirono attraverso.

Quando quelli se ne furono andati, gli uomini con il completo tornarono indietro e si avviarono lentamente alla reception. Parlavano sottovoce, ma la sala cavernosa amplificava la loro conversazione. Commentavano un combattimento di pesi massimi della sera precedente, come se la sparatoria di poco prima fosse la cosa più normale del mondo.

Mi venne subito in mente Carla Racatelli quando sbirciai fuori dal mio nascondiglio sotto al tavolo. Considerati i legami della famiglia con la malavita, mi chiesi se la sparatoria avesse qualcosa a che fare con la morte di Carla. Sembrava molto più probabile rispetto alla maledizione di cui parlavano Mamma e zia Pearl.

Vegas o no, non avevo nessuna intenzione di mettere alla prova la mia fortuna partecipando al funerale. Nemmeno l'albergo era sicuro e il funerale lo sarebbe stato ancora meno. Dovevo fare tutto il possibile per distogliere Mamma e zia Pearl da qualunque cosa stessero cercando. Qualche volta era meglio non provocare il destino.

Dovevo riportare tutti a Westwick Corners, e non c'era tempo da perdere.

CAPITOLO 7

In reception non scorsi nessun altro a parte gli uomini armati. Mamma, zia Pearl, Wilt e gli altri non si vedevano. Se ci fossero altre persone nascoste dietro i pesanti mobili e le colonne di marmo, non riuscivo a vederle. O si erano nascoste all'inizio della sparatoria o erano scappate dalle scale o dagli ascensori.

Trattenni il fiato sentendo dei passi risuonare nell'atrio di marmo. Uno sconosciuto si avvicinava a passo veloce a quelli con il completo. Veniva dalla parte degli ascensori, anche se prima non lo avevo notato. Si comportava come se una sparatoria nell'atrio di un albergo fosse cosa da tutti i giorni. Lo guardai camminare restando nella mia posizione protetta sotto il tavolo. Indossava jeans neri, una camicia di lino bianca dall'aspetto costoso avvolgeva il torso muscoloso e il sorriso compiaciuto diceva che era il capo.

Era il tipo arrogante che disprezzavo, ma non riuscivo a togliergli gli occhi di dosso. Era alto, scuro e vagamente familiare. Si fermò all'improvviso e giro la testa nella mia direzione. Il mio cuore sprofondò quando i suoi occhi blu acciaio incontrarono i miei.

Scoperta.

Mi ritirai più indietro sotto il tavolo e trattenni il fiato. La mia vita stava per terminare prima ancora di essere iniziata. Questo doveva essere il suo territorio e sicuramente non voleva lasciare testimoni.

Dopo quella che mi sembrò un'eternità, distolse lo sguardo e riprese a camminare nella stessa direzione degli uomini con il vestito. Diede un calcio alla pistola caduta con uno stivale di pelle, mandandola a sbatacchiare sul pavimento verso di me. Si fermò a pochi centimetri da dove ero nascosta.

La canna era puntata contro di me e io ringraziai le mie stelle fortunate che l'arma non avesse sparato nell'impatto. Trattenni il fiato, terrorizzata all'idea che uno degli uomini venisse a prendere la pistola e mi trovasse sotto il tavolo.

L'uomo raggiunse quelli con il completo vicino alla porta principale. Era chiaro che quei due erano ai suoi ordini. Il capo si fermò e si girò. I suoi occhi perlustrarono l'atrio ancora una volta prima di tornare su di me.

Quell'uomo in qualche modo mi aveva notata, nonostante il nascondiglio. Mi sentivo esposta e vulnerabile, come se il tavolo non fosse lì a coprirmi. D'altra parte, lui non aveva fatto niente per farmi scoprire, così abbassai un pochino la guardia.

Sentii anche un'ondata di adrenalina e qualcosa che non riuscii a descrivere. La strana attrazione per quell'uomo era quasi tanto potente da farmi lasciare il nascondiglio. Mentre mi spostavo sotto al tavolo in modo da tenerlo in vista, sbattei la testa nella parte di sotto.

"Cazzo!" Il tavolo mandò onde d'urto nella mia testa mentre la mia voce attraversava l'atrio silenzioso.

Il capo si acciglìò. Qualche secondo dopo si girò senza dire una parola e spedì i due col vestito attraverso le pesanti porte di vetro, che ora erano aperte. Uno degli uomini andò avanti, seguito dal capo.

L'ultimo uomo rimasto percorse con la pistola un semicerchio nell'atrio per evitare che qualcuno lo seguisse. Dopo quella che sembrò un'eternità, lasciò l'edificio. Secondi dopo le porte di un'auto sbatterono e pneumatici stridettero in lontananza.

Dopo una frazione di secondo di silenzio all'improvviso scoppiarono grida e urla di spavento. Dopo tutto, non ero da sola nell'atrio.

Gente uscì dai propri nascondigli e cominciò a correre per cercare i propri cari.

Io restai sotto il tavolo, shockata dalla sparatoria e dalla mia attrazione verso il bello straniero. Aprii la bocca ma non ne uscii alcun suono. Ero un disastro.

"Ahi!" Qualcuno mi aveva dato un calcio alla caviglia e mi girai, trovandomi di fronte a zia Pearl. Ero sicura che non fosse sotto il tavolo, qualche secondo prima.

"Lasciami andare a casa, zia Pearl. Questo sembra un brutto film, ma invece è vero. Che diavolo è successo poco fa?" Non riuscivo a immaginare alcun motivo per quella sparatoria nel nostro hotel a cinque stelle.

Zia Pearl si rabbuiò strisciando fuori da sotto il tavolo.

Il panico mi prese lo stomaco mentre cercavo la mamma e Wilt. Erano in piedi vicino a me pochi secondi prima dell'inizio della sparatoria, ma ora non si vedevano più. Iniziai a sudare sentendo le sirene della polizia all'esterno. Mi avvicinai al bordo del tavolo e guardai fuori dal mio nascondiglio mentre le sirene si avvicinavano.

C'era gente dappertutto, alcuni piangevano, altri si stringevano, sotto shock. Una dozzina circa di persone spingevano e strattonavano verso l'uscita, dimenticandosi che stavano seguendo le orme degli uomini armati che se ne erano appena andati.

Scivolai lentamente fuori da sotto il tavolo e mi misi in piedi. Ero incerta se lasciare il mio rifugio così presto. Una donna alle mie spalle gridava freneticamente al cellulare mentre altri si stringevano negli ascensori, ansiosi di fuggire nella sicurezza delle loro stanze al piano di sopra.

Notai la mamma quando si alzò da dietro un grande divano troppo imbottito. Wilt era di fianco a lei. Sollevata, guardai di nuovo verso zia Pearl. Sedeva dritta con le gambe incrociate su uno spesso tappeto a pochi metri dal tavolo. Le mani erano appoggiate sulle cosce, in una posizione in stile yoga, come se in quel caos stesse meditando.

Ma io sapevo la verità. Stava lanciando qualche sorta di incantesimo. Allungai la mano, che lei subito allontanò.

"Maledizione, l'abbiamo perso."

"Chi, abbiamo perso?" Chiesi. "Cosa diavolo sta succedendo che non mi vuoi dire?" A quel punto quasi una decina di poliziotti erano sciamati nell'atrio. Stavano allineando le persone vicino al bancone della reception, dove interrogavano uno a uno i testimoni. C'erano agenti posizionati alle uscite e agli ascensori, in modo che nessuno potesse andarsene. Era solo questione di tempo prima che interrogassero anche noi.

"Hai visto quel tizio di bell'aspetto?" Gli occhi di zia Pearl si spalancarono con finta innocenza.

Alzai le spalle, per il timore di dire qualcosa che potesse rivelare la mia attrazione.

"Ovvio che sì, a giudicare dalla tua reazione. Quello era il nipote di Carla, Rocco." Sogghignò zia Pearl. "Come hai fatto a non riconoscerlo dopo tutti questi anni? Voi due giocavate insieme, da bambini, ricordi?" Lo sguardo di zia Pearl vagò pensieroso.

"Quel tizio decisamente non era Rocco." Non vedevo Rocco dai tempi della scuola superiore, ma il mio ex compagno non assomigliava per niente al misterioso e attraente uomo che ci aveva tenuti in scacco. Lo sapevo perché gli avevo dato davvero una bella occhiata. L'uomo misterioso era indimenticabile.

Mi alzai e mi diressi verso il divano alle mie spalle, tenendo d'occhio la reception. A parte gli schiamazzi dei turisti intontiti, non c'era traccia della sparatoria. Solo alcuni fori di pallottola nei muri, che la polizia stava esaminando attentamente.

Era decisamente incredibile che nessuno fosse rimasto ferito. "Dobbiamo parlare alla polizia. Siamo testimoni."

"Non essere sciocca, Cen. Non possiamo attirare l'attenzione su di noi. Rocco lo fa già a sufficienza. È così portato per il teatrale." Zia Pearl fece un risolino sciocco portandosi la mano alla bocca. "Spero che si dia una calmata, però. A Manny non piacerà."

Dubitavo che la polizia ci avrebbe lasciate andare senza interrogarci, ma la situazione nell'atrio era ancora piuttosto caotica.

"Cosa c'è di divertente? Ci hanno appena sparato. Dobbiamo andarcene da qui." Volevo anche chiedere chi fosse Manny, ma zia

Pearl mi stava sicuramente provocando e non avevo intenzione di abboccare facendole la domanda.

Zia Pearl scosse la testa. "Hai ragione. Lasciamo i nostri bagagli di sopra e poi andiamo al casinò. Hai bisogno di rilassarti. Magari vedremo anche Rocco."

"È l'ultima persona che voglio vedere, in questo momento." Era vero... sì e no. Avrei potuto restare a fissare quell'uomo per sempre. Ma non avevo intenzione di essere la pedina di una delle bravate di zia Pearl. Non volevo nemmeno riprendere i contatti con un ragazzo del passato che tra l'altro non mi era mai piaciuto molto. Indipendentemente da quanto fosse bello.

"Smettila di essere sempre negativa." Zia Pearl alzò gli occhi al cielo. "Ti sei lamentata della benzina e del tuo stupido colloquio di lavoro per tutto il viaggio."

"Perché non avrei dovuto? Mi hai imbrogliata per farmi venire qui."

Zia Pearl agitò una mano in segno di noncuranza. "Il povero Rocco ha appena perso la nonna e tu riesci a pensare solo a te stesa. Non avrei mai dovuto portarti."

"Proprio così. Non avresti dovuto. Non voglio avere niente a che fare con Rocco e con qualunque idea assurda tu ti sia messa in testa." Il mio umore si rasserenò un po' quando Mamma e Wilt ci raggiunsero nel salottino.

Zia Pearl fece un sogghigno cattivo. "Rocco non è solo un bel ragazzo, Cen. È ambizioso e brillante. Voi due sareste una bella coppia."

"Non vedo come questo possa aver a che fare con tutto il resto." L'idea che zia Pearl stesse cercando di mettermi insieme a Rocco mentre lui stava ancora piangendo la nonna era davvero di cattivo gusto, anche per lei. Speravo solo che non facesse niente per mettermi in imbarazzo.

"Oh, te ne accorgerai, Cen." Un sorriso allargò le labbra della zia mentre mi appoggiava un braccio sulle spalle e le stringeva. "Vedrai."

CAPITOLO 8

Facemmo il check in dopo che la polizia di Las Vegas ebbe raccolto la nostra testimonianza e i dati personali. Ero distrutta, anche se era passata da poco l'ora di colazione.

Ero furiosa con zia Pearl per il modo in cui distorceva la realtà. "Perché non hai detto alla polizia che conoscevi Rocco?"

"Non me l'hanno chiesto, quindi perché dirlo? Non fa comunque alcuna differenza."

Scossi la testa. "Fa una grandissima differenza. Lui era con due degli uomini armati."

"Lascia perdere." Zia Pearl fece un gesto con la mano. "Abbiamo un lavoro da svolgere che comporta vita o morte, non dobbiamo dare nell'occhio."

"Che lavoro?"

Zia Pearl fece il gesto di chiudere la cerniera sulle labbra e si girò dall'altra parte. Mi ignorò del tutto mentre seguivamo il fattorino e i nostri bagagli attraverso l'atrio e verso gli ascensori, zigzagando tra i gruppi di ospiti esterrefatti.

L'unico lato positivo nella scena caotica dell'atrio fu che Wilt a un certo punto sparì. Aveva deciso di restare nel camper invece che nella suite che si supponeva avremmo diviso tutti quanti. Ne fui sollevata, perché ogni tanto anche le streghe riluttanti come me hanno bisogno di lasciarsi andare ed essere magicamente sé stesse.

Sarebbe stato impossibile con Wilt nella suite e la mia pazienza era già stata messa a dura prova durante l'interminabile viaggio. Una di noi si sarebbe sbagliata, prima o poi. Tenere nascosto il talento magico 24 ore al giorno 7 giorni su 7 era quasi più difficile che essere una strega.

Il fattorino ci fece segno verso un ascensore privato alla fine del gruppo degli ascensori principali. Le porte si aprirono ed entrammo da VIP, attirando gli sguardi delle decine di persone che facevano la fila davanti agli altri ascensori. Il nostro trattamento speciale quasi certamente aveva un secondo fine.

Il fattorino ci seguì dentro l'ascensore, tirandosi dietro il carrello dorato e bordato di velluto sul quale portava i bagagli. Passò la tessera nel lettore e poi selezionò uno dei tanti bottoni contrassegnati da lettere invece che dai numeri dei piani. Spinse il bottone con incisa sopra una "R" in caratteri eleganti.

Fui sorpresa di vedere la mia valigia in cima al mucchio dei bagagli. Non avevo fatto nessuna valigia per quel viaggio improvvisato. O zia Pearl mi aveva portato un bagaglio perché aveva progettato di rapirmi lungo la strada o aveva usato la magia.

Ebbi a malapena il tempo di chiedermelo prima che le porte dell'ascensore si aprissero su un ampio ingresso in marmo, con il soffitto incredibilmente alto. Era nello stesso stile della reception ma più piccolo. Ai muri erano allineati grandi quadri impressionisti sopra una fontana di marmo dalla quale gorgogliava acqua colorata.

La mamma uscì dall'ascensore e guardò con aria istupidita tutto intorno. "È la stanza giusta? Sembra più una villa."

L'arredamento era una via di mezzo tra l'appartamento francese di provincia e la villa italiana di metà '900, sottoposta a una strana ristrutturazione negli anni Settanta. C'erano numerosi altri temi decorativi mescolati, ma quelli erano i principali. Come la reception, era una miscela di aree differenti.

L'architettura ornata in stile europeo contrastava con la moquette dorata. Esattamente in mezzo alla pianta c'era un salottino affossato, come in una sitcom di Mary Tyler Moore degli anni Settanta. Una scala a chiocciola di ferro battuto portava al piano superiore, dove supponevo fossero le stanze da letto.

La decorazione esagerata degli interni mi fece dimenticare per un momento che eravamo in un nuovissimo grattacielo di Las Vegas e non in una Versailles retro e hippy. Rimasi ferma nell'ingresso, a bocca aperta.

"Forza, non abbiamo tutto il giorno." Zia Pearl mi afferrò per il braccio e mi tirò dentro la suite. "Ci dobbiamo occupare di alcune cose."

Liberai il braccio dalla sua presa e mi fermai a guardare uno dei grandi dipinti a olio. A giudicare dalle pennellate e dalle cornici di pregiata fattura i dipinti erano autentici e molto antichi.

Il ritratto sembrava essere degli anni Trenta del Novecento. Un piccolo uomo in abito gessato era in piedi dietro a una donna seduta. L'abito in paillettes della donna era accentuato da una lunga fila di perle. Aveva gli stessi penetranti occhi azzurri dell'uomo nell'atrio.

Feci passare la mano lungo la parte inferiore della cornice. Scivolò un po' fuori posto e lo raddrizzai. Era la prima suite in cui alloggiavo dove i quadri non erano incatenati al muro. Ma c'era qualcos'altro. Al posto di uno degli occhi dell'uomo c'era il buco di una pallottola.

Boccheggiai e mi girai verso Mamma e zia Pearl, ma avevano già lasciato l'ingresso. Le seguii all'interno della suite e guardai il fattorino portare le nostre borse su per la scala a chiocciola.

"Benvenute!" Una voce maschile profonda risuonò alle mie spalle.

Feci un salto e mi girai, trovandomi di fronte un biondo atletico sui trenta, vestito in modo formale con un completo scuro. Il mio primo pensiero fu che fosse vestito per il funerale.

Sorrise e allungò la mano. "Sono Christophe, il vostro maggiordomo."

Mi accigliai stringendogli la mano. Esaminai la suite. Dovevano essere più di seicento metri quadrati solo al piano terra, più lo spazio aggiuntivo al piano superiore. "Penso che ci sia un errore. Questa non è la nostra stanza."

Christophe sorrise educatamente ma non rispose.

"Non ci possiamo permettere un posto come questo." La mamma si girò verso Pearl. "Deve costare una piccola fortuna. Esattamente quanto hai vinto alla lotteria?"

Zia Pearl fece un gesto con la mano indicando di lasciar perdere. "Non ti preoccupare. Te lo dirò dopo."

"Posso offrire alle signore qualcosa da bere?" Chiese Christophe.

"Non sono nemmeno le nove di mattina," dissi. "Non pensi che sia un po' presto?" Le bevande preparate dal maggiordomo dovevano essere infinitamente più costose delle bibite al minibar. Anche se la vincita di zia Pearl alla lotteria fosse stata vera, dubitavo che ce lo potessimo permettere.

"Non c'è momento migliore del presente." Ridacchiò la mamma. "Goditi un po' la vita, Cen."

Afferrai il braccio ossuto di zia Pearl e la tirai da una parte. "Cosa hai dato alla mamma? Non l'ho mai vista così."

"Rilassati. Finalmente si sta divertendo un po', così per cambiare, invece di lavorare fino a sfinirsi in quella stupida locanda."

"Tu vuoi che il nostro bed and breakfast fallisca. Non c'è un vero motivo per cui ci hai portate qui tutte e due." Non era un segreto che la zia non approvasse il nostro business del bed and breakfast a West-wick Corners. Tornai a guardare la mamma, in piedi vicino al bar dove Christophe stava dando gli ultimi tocchi a tre bevande dall'aspetto fruttato.

Zia Pearl prese un bicchiere e si diresse alla porta finestra che conduceva alla veranda.

La mamma afferrò il suo drink e ne buttò giù metà in un solo sorso. "Quest'uomo è un genio. Vorrei poterti assumere per lavorare alla nostra locanda."

Christophe sorrise. "Forse si può. Il mio contratto tra poco scade e sono stanco di Las Vegas. Raccontami della locanda."

"Beh, non è niente di grandioso come l'Hotel Babylon. Il Westwick Corners Inn ha solo dodici stanze. Ed è in una città quasi fantasma." La mamma sogghignò mentre finiva il resto della bevanda. "Troppo monotono per un giovanotto come te. Sono stata sciocca a parlarne."

Christophe prese il suo bicchiere e si diresse al bar per riempirlo nuovamente.

La mamma lo seguì.

Io uscii sulla veranda e raggiunsi zia Pearl. La grande veranda panoramica coperta era quasi delle stesse dimensioni della suite. Aveva la piscina, la vasca idromassaggio e delle sedute disposte in modo da godere al massimo della vista della città, probabilmente spettacolare di sera. A quest'ora mattutina era ancora tutto tranquillo, come se metà della città stesse ancora dormendo.

Mi girai verso la zia. "La mamma ha ragione. Non ci possiamo permettere in alcun modo questo posto, nemmeno con un forte sconto."

"Tranquilla," disse zia Pearl. "Sarà anche una suite da ricconi, ma a noi non costa nulla."

Mi girai per affrontarla. "Noi non siamo ricconi e non possiamo stare qui senza pagare. Dov'è il trucco?"

"Nessun trucco." Zia Pearl strizzò l'occhio.

La mamma arrivò dalla suite proprio al momento giusto. Mi superò barcollando, facendo gocciolare sul pavimento di cemento il secondo bicchiere. "Niente è gratis, l'hotel si aspetta che spendiamo migliaia di dollari al gioco. Anche la tua vincita alla lotteria potrebbe non essere sufficiente. In effetti, potrebbe essere una catastrofe."

La mamma si riferiva al problema di zia Pearl con il gioco. Le vincite alla lotteria erano un'arma a doppio taglio. Dubitavo che la zia riuscisse a stare lontano dalle slot machine o dai tavoli da gioco a lungo.

"Non ho speso un centesimo per la suite né per altro. Siamo ospiti di Rocco perché ci considera parte della famiglia. Non che io non me lo potrei permettere. Comunque, posso anche giocare se voglio. Sono miliardaria e ho soldi da buttar via."

Ritornai con la mente al *bravo ragazzo* e alla sparatoria nell'atrio. Non mi piaceva essere in debito con qualcuno che aveva bisogno di guardie del corpo. Zia Pearl probabilmente aveva frainteso il suo invito, sempre che ce ne fosse stato uno. Mi feci una nota mentale di chiedere più tardi in reception quale fosse il costo della nostra camera.

La mamma puntò l'indice verso Pearl. "Io sono sempre convinta che saremmo dovuti restare nel camper. Tu sarai nei guai con il conto, se qualcosa dovesse andare storto." Si diresse a una delle sedute panoramiche senza aspettare una risposta.

Zia Pearl si girò verso di me alzando gli occhi al cielo. "Voi due dovete smetterla di preoccuparvi e cercare di divertirvi."

"Come possiamo? Ci hai ingannate entrambe costringendoci a partecipare al tuo *magical mistery tour* e sei troppo vaga sul come e quando avresti vinto la lotteria. Io non mi rilasserò finché non mi avrai detto cosa sta succedendo sul serio." Mi venne quasi voglia di raggiungere Wilt sul camper. Quasi, non decisamente.

"Ok, va bene. Te lo dirò ma tu non dirlo a Ruby." Zia Pearl si massaggiò le tempie. "È piuttosto complicato. Non so nemmeno da dove iniziare."

"Che ne dici di iniziare dalla sparatoria nell'atrio?"

La mano di zia Pearl volò alla bocca. "Non è stato terribile? Non ho idea di cosa sia successo…"

Alzai la mano per protestare. "Io penso che tu sappia esattamente cosa sta succedendo e se non me lo dici, me ne vado. Troverò il modo di tornare a casa." Sembrò che avesse pianificato tutto da tempo, come protagonista di una confessione esageratamente drammatica che stava per fare. "Affitterò un'auto o qualcosa del genere."

"Come? Ti sei dimenticata la borsetta e non hai soldi."

"Mi inventerò qualcosa."

"Se tu avessi praticato la magia potresti creare qualcosa. Che talento sprecato." Zia Pearl scosse lentamente la testa.

"Smettila di cambiare argomento, zia Pearl."

"Ok, va bene." Sospirò. "Cosa vuoi sapere?"

"Tutto. A cominciare dai tizi di sotto. Tu sai qualcosa che non vuoi dire." O era coinvolta in qualche modo oppure sapeva più di quanto diceva.

Zia Pearl si tamponò una lacrima immaginaria. "Non volevo

parlarne a nessuno ma, a dire la verità, sarà un sollievo avere una confidente. Qualcuno dalla mia parte."

"Non ho mai detto niente sul fatto di essere dalla tua parte. Voglio solo sapere in cosa ti sei cacciata."

"Hanno già preso Carla, e Tommy prima di lei." Zia Pearl sospirò. "Prenderanno anche Rocco, a meno che non li fermiamo. Ho un piano."

Mi coprii gli occhi. "Noi non fermiamo nessuno. Mamma non sa niente?"

"Ci sono alcune cose che è meglio che lei non sappia."

"Per esempio?"

"Segreti di famiglia," disse zia Pearl. "Questo spezzerebbe il cuore di Ruby."

CAPITOLO 9

Ingollai il mio drink alla frutta. Il racconto di zia Pearl era difficile da mandare giù. Non ricordavo che Mamma fosse mai uscita con qualcuno, figuriamoci avere una relazione seria. E non aveva motivo di avermelo tenuto segreto.

Papà era sparito senza lasciare tracce quando ero alle elementari. Da allora la mamma era sempre stata presa dalla cucina e dal giardinaggio. Aveva anche fatto il vino con il prodotto della nostra vigna e trasformato la dimora di famiglia in un elegante bed and breakfast. Si era tenuta impegnata, senza mai nominare Papà. Non aveva nemmeno mai parlato di uscire con qualcuno o di un fidanzato.

Ma zia Pearl sosteneva il contrario. "Ruby è stata lasciata dal suo amante. Lui ha piantato Ruby per Carla Racatelli."

"Quale amante? Ti stai inventando tutto." La mamma non aveva mai lasciato Westwick Corners, che io ricordassi, e non aveva avuto nessun corteggiatore di cui fossi al corrente. Era un tipo troppo casalingo per condurre una doppia vita. Ma la zia sembrava seria. Questa volta non pensavo mentisse.

Zia Pearl scosse lentamente la testa. "Vorrei essermelo inventato. Se solo potessi cancellare tutto quello che è successo. Ma non posso. Torniamo dentro dove possiamo parlare senza che Ruby ci senta."

La seguii con riluttanza, shockata dalla possibilità della relazione segreta di Mamma. Mi sentivo anche un po' ferita dal fatto che avesse dei segreti per me. "Perché la mamma non mi ha detto di questo tizio? Quando lo vedeva?"

"È una strega, Cen. Una strega competente ha diversi modi a disposizione per essere in più di un posto allo stesso tempo. Se tu ti fossi esercitata più spesso con gli incantesimi lo sapresti." Zia Pearl si accigliò. "Ruby sapeva che non avresti approvato la sua relazione, per questo non te ne ha mai parlato. Tu sei così severa e morigerata."

"E da quando è una cosa negativa?" Mi sedetti in una poltrona enorme, ad angolo rispetto a zia Pearl, appollaiata a un'estremità di un divano di pelle bianca incredibilmente lungo.

"Non ho detto che lo sia. Ma Ruby sapeva che l'avresti giudicata."

"Io *non* giudico." Il pensiero che Mamma avesse una vita amorosa non mi era mai passato per la testa. Suppongo che avrei dovuto immaginare che prima o poi sarebbe uscita con qualcuno, erano passati decenni da quando Papà se ne era andato. Ma lei non era mai sembrata interessata a una relazione e non era una da segreti. Doveva esserci dell'altro in questa storia. E, probabilmente, c'era.

"Ruby dovrebbe essere contenta di essersi liberata di quel buono a nulla." Zia Pearl si appoggiò all'indietro contro il bracciolo del divano, le gambe ossute stese davanti a lei. "Chi lo sa, sarebbe potuto succedere a lei."

Restai senza fiato. "Pensi che lui abbia ucciso Carla? Chi è questo tizio?"

"Bones Battilana. Uno dei più potenti boss mafiosi in America. Voleva spostarsi a Las Vegas, ma tutto il Nevada è controllato dai Racatelli. Gira voce che Bones abbia fatto fuori Tommy alcuni anni fa per assumere il controllo della famiglia Racatelli. Non si era aspettato che Carla prendesse le redini. Lei si è dimostrata più abile negli affari di quanto fosse Tommy. E così il suo piano per consolidare il potere si è rivelato controproducente."

"E quindi ha deciso di corteggiare Carla?" Lentamente acquisii coscienza degli eventi. "Stai dicendo che la mamma usciva con un mafioso e che lui l'ha piantata per provarci con Carla? È folle."

"In effetti lo sembra. Io non so cosa fare." Zia Pearl alzò in aria le mani, versando gocce del suo cocktail alla frutta su tutto il divano. "Ora capisci perché ho bisogno del tuo aiuto. Non voglio che lei vada fuori di testa al funerale quando vedrà Bones."

"Suppongo sia meglio che tu la avvisi subito." Il drink alla frutta era decisamente tosto. Mi sentivo ubriaca dopo averne bevuto solo qualche sorso. In effetti, sembrava che quelle bevande avessero già avuto un notevole effetto su di noi. Forse ero un po' paranoica, ma cominciavo a pensare che forse contenevano qualcosa di più dell'alcol.

Christophe apparve qualche secondo dopo con uno strofinaccio e una bottiglia di acqua gasata. In un minuto aveva pulito da esperto le macchie sul divano. Orgoglioso e raggiante di gioia, mi ricordò una Martha Stewart al maschile, in attesa di poter mostrare le sue numerose capacità.

Christophe fece un leggero inchino e tornò verso la cucina. Noi restammo in silenzio finché non fu più a portata d'orecchio.

"Sai, Cen… tu hai un ottimo modo di gestire le crisi." Zia Pearl si strofinò il mento come se stesse riflettendo sui miei talenti – o sulla loro mancanza – per la prima volta. "Questa è una questione davvero delicata e tu sei molto più brava di me in queste cose."

"No. Come dovrei fare a dire a Mamma qualcosa che io per prima non dovrei nemmeno sapere?"

"Qualcosa inventerai." Esaminò attentamente la suite per essere sicura che nessuno stesse ascoltando. La sua voce si abbassò a un sussurro. "Bones Battilana è un pezzo piuttosto grosso da queste parti. Dobbiamo mantenere un profilo basso."

"Penso che tu abbia inventato tutto. La mamma non uscirebbe per nessuna ragione al mondo con un mafioso, figurarsi un tipo soprannominato 'Bones'." L'idea che Mamma potesse uscire con qualcuno chiamato come le ossa del corpo mi faceva venire i brividi.

"Ruby sarà anche tua madre, ma non è diversa da qualunque altra donna. È uscita con lui per quasi dieci anni. Abbiamo tutte dei bisogni, Cen. Ne ho anch'io."

La storia stava diventando più stramba ogni minuto. Già era difficile immaginare Mamma con un uomo, ma l'idea che la bizzosa zia

Pearl avesse dei 'bisogni' faceva a pugni con la sua personalità e il suo stile di vita. Non si era mai sposata e sembrava avere un'innata antipatia per chiunque avesse il cromosoma Y.

"Questo tizio deve avere un vero nome."

"Danny. Sembrava tutto a posto fino a circa tre settimane fa. Fu in quel momento che Bones – voglio dire Danny – ha detto a Ruby che doveva fare un viaggio d'affari di un mese in Asia. Lei non lo vede da allora. È convinta che tra loro vada tutto bene. In realtà lui l'ha lasciata per Carla, ma non ha avuto il coraggio di dirglielo in faccia."

"E ora Carla è morta. Quando si dice il tempismo…"

"Ma forse il tempismo è a nostro favore. Sono abbastanza sicura che Bones abbia ucciso Carla," disse zia Pearl. "Per questo ti ho assegnata al progetto *Vegas Vendetta*. Dobbiamo indagare sull'omicidio di Carla e vendicare la sua morte. Ah… il tuo primo compito è dire a Ruby cos'ha combinato il suo fidanzato buono a nulla."

Almeno l'ex fidanzato della mamma era un 'ex', ma il pensiero che potesse essere sospettato dell'omicidio di Carla mi faceva rizzare i capelli. Non sapevo quasi niente della morte di Carla, ma ci doveva essere un'altra spiegazione. Feci un salto quando la porta finestra si aprì e la mamma tornò dentro. "Non faremo niente del genere!"

"Eh?" Mamma sogghignò guardandoci dalla soglia. Stava in piedi ondeggiando mentre sollevava il bicchiere vuoto in segno di brindisi. La mamma beveva di rado e io non l'avevo mai vista ubriaca prima. Quel giorno sembrava il primo per una serie di cose, nessuna delle quali bella.

"Sarà molto meglio se lo verrà a sapere da te piuttosto che da me. Sai che io tendo a fare casino." Zia Pearl scivolò lungo il divano e si portò le ginocchia al petto. Mi fece un sorriso falso. "Prego?"

Zia Pearl non accettava il no come risposta e per me le conseguenze sarebbero state infinite se non avessi partecipato al suo piano. Mi sentivo messa all'angolo. "Non hai mai detto che Carla è stata uccisa. Questo Mamma lo sa?"

La mamma fece roteare il bicchiere da cocktail e ci superò barcollando, diretta verso la cucina alla ricerca di Christophe e del suo elisir magico.

Zia Pearl aspettò che avesse lasciato la stanza. "Sì."

"Avresti dovuto dirmi tutto un bel po' di tempo fa."

"Cosa posso dire? La relazione di Ruby era il suo segreto e mi ha chiesto di giurare che l'avrei mantenuto." Zia Pearl alzò le mani con i palmi all'esterno. Il labbro inferiore le tremò. "Lo so, Cen. Decisione pessima da parte mia. Ma ora è un po' tardi per rimediare. Sai che non sono per niente brava in queste cose. Incasinerei tutto e farei arrabbiare Ruby ancora di più. Lei non ha idea di questa relazione. Le si spezzerà il cuore. Era convinta che Bones stesse per chiederle di sposarlo."

"Danny."

Zia Pearl alzò gli occhi al cielo. "Ok. Danny."

Un altro fulmine a ciel sereno. "La sparatoria nell'atrio... faceva parte del viaggio di lavoro di Battilana?"

Zia Pearl annuì. "Gli uomini di Rocco lo stavano difendendo dall'ennesimo tentativo di Battilana. Dobbiamo prenderli prima che si prendano Rocco. Per questo devi dire a Ruby di questa relazione illecita con Carla. Non possiamo rischiare che lei gli si avvicini, è davvero pericoloso e imprevedibile."

"La polizia non lo ha ancora arrestato?"

Zia Pearl scosse a testa. "Sta facendo la parte del marito addolorato e la polizia gli sta dando retta. Comunque il marito è sempre il sospetto numero uno. Nel frattempo, lui va avanti come niente, cercando di prendere il controllo dei beni di Carla. Per questo prima di tutto l'ha voluta sposare. Non poteva ottenere con la forza il controllo di Las Vegas dai Racatelli, così ha deciso di unirsi a loro. Ora si sta dando da fare."

"Cosa... Bones ora è sposato a Carla?" Mi girava la testa per tutto quello che zia Pearl mi aveva appena raccontato. "Quanto devo dire a Mamma?"

"Tutto. Senza Carla, Ruby potrebbe cercare di riconciliarsi con lui. Questo sarebbe un errore serio. Mentre te ne occupi io procuro altri drink forti." Zia Pearl saltò giù dal divano e andò a cercare il maggiordomo. "Christophe, yu-hu!"

Saltai su dopo di lei. "Aspetta... Devi dire tutto quello che sai alla polizia prima che vengano a fare domande. Forse possono proteggere la mamma." Mi girava la testa per le pretese della zia. Il fatto di aver perso il colloquio di lavoro ora sembrava irrilevante.

"Meglio di no, Cen. Non possiamo fidarci di nessuno. Nemmeno della polizia."

<h1 style="text-align:center">CAPITOLO 10</h1>

Uscii dall'ascensore, ancora shockata dalla confessione di zia Pearl. Anche l'effetto dei potenti cocktail di Christophe si faceva ancora sentire. Avevo perso il conto di quanti ne avevo bevuti, e dire che non avevo intenzione di berne per niente. Per quanto riguarda zia Pearl, non ero sicura se dovevo essere spaventata o arrabbiata. Forse un po' tutte e due.

Attraversai la reception diretta al casino. Non era davvero difficile da trovare con tutte le luci lampeggianti, le campanelle e le orde di turisti di mezza età sovrappeso. La maggior parte indossava magliette inneggianti a Las Vegas e pantaloncini. Il contrasto tra gli abiti casual e gli arredi sfarzosi mi urtò i nervi.

Certo, i casinò non scacciavano nessuno. Soprattutto non le persone con soldi in tasca, per quanto vestiti miseramente. E, da quello che potevo vedere, il business andava a gonfie vele.

Tornai a concentrarmi sulla mia missione: trovare un telefono per chiamare Tyler e scusarmi per l'appuntamento mancato. Avevo pensato di prendere un aereo per tornare a casa, ma senza soldi né carte di credito, era proprio impossibile. In ogni caso, zia Pearl avrebbe stroncato ogni mio tentativo. Voleva che fossi presente al funerale a qualunque costo e non avrebbe accettato una risposta negativa.

Non riuscii a identificare un telefono pubblico e in albergo gli unici apparecchi che emettevano un trillo erano le slot machine. L'atmosfera generale mi tendeva i nervi già provati. Non c'erano finestre né orologi. Senza un orologio era impossibile capire che ora fosse. Qualunque cosa potesse distrarre i giocatori non era prevista.

Attraversai l'atrio, mi diressi alle porte girevoli dell'uscita e mi ritrovai in strada. Il cielo era leggermente coperto, ma questo non influiva sul calore che aveva già assalito la mia pelle abituata all'aria condizionata. Pensai che probabilmente era tarda mattinata, anche se avevo perso il senso del tempo.

Mi fermai a qualche metro di lato all'entrata e mi presi un momento per orientarmi. Andai verso quello che sembrava un centro commerciale, sperando di trovare un supermercato o un negozio dove averi potuto comprare un telefono cellulare usa e getta.

Tyler probabilmente si stava chiedendo come mai non l'avevo chiamato dopo avergli dato buca all'appuntamento della sera precedente. Forse mi ero giocata l'unica possibilità che avrei mai avuto con lui.

Prima avrei chiamato Tyler e poi avrei trovato il modo per tornare a casa. Il modo più veloce e facile di viaggiare si basava sugli incantesimi, ma le mie capacità non erano abbastanza buone da padroneggiare niente che si avvicinasse al teletrasporto. Dubitavo seriamente che Mamma o zia Pearl mi avrebbero aiutata. Se non altro, avrebbero sottolineato le lezioni di magia perse e ritenuto che mi stesse bene.

Pensai a lungo a quanto raccontare a Tyler. Volevo che lui capisse che non avevo semplicemente annullato il nostro appuntamento. Ma la storia del mio rapimento suonava davvero incredibile. Dire la verità avrebbe semplicemente peggiorato l'impressione già pessima che aveva di zia Pearl.

Due isolati dopo non trovai né negozi né qualunque posto in cui comprare un cellulare. Le uniche attività lungo la Strip sembravano essere altri casinò. La poca conoscenza che avevo di Las Vegas implicava che ci sarebbe voluto molto tempo prima di trovare un telefono.

Restai all'angolo, insicura e frustrata sul da farsi. Poi mi venne un'illuminazione sulle altre possibilità che avevo. Anche se le mie capacità magiche non erano sufficienti per trasportarmi di nuovo a Westwick Corners, conoscevo alcuni incantesimi di base ed ero riuscita in passato a creare dal nulla oggetti inanimati. Mai un telefono cellulare, ma forse avrei potuto farcela. Desiderai di aver fatto più esercizio, in quel caso le mie capacità non sarebbero state così arrugginite.

Invece, avevo trovato l'unico vantaggio che mi avrebbe consentito di uscire da quella situazione. Potevo anche accusare zia Pearl di avermi rapita, ma il casino in cui mi ero cacciata alla fine era solo colpa mia.

Avevo deciso da poco che usare il mio talento naturale non corrispondeva a imbrogliare. In realtà non si trattava di talento, dato che ogni incantesimo doveva essere studiato per ore e poi si doveva fare molta pratica per mantenersi al corrente. Ottenevo un risultato pari al mio sforzo. Niente di più, niente di meno.

Questa rivelazione mi era giunta quando avevo fatto una scommessa con zia Pearl... e avevo perso. Perdere la scommessa aveva comportato l'impegno di seguire tutte le settantadue lezioni del corso di Perle di Saggezza della Scuola di Fascinazione di Pearl. Il curriculum comprendeva tutto quello che si doveva sapere per diventare una strega di successo. Sfortunatamente, ero arrivata solo alla terza lezione. Questo significava che ero piuttosto brava a far sparire le cose, ma un po' meno abile nel farle apparire.

Ma avevo creato dal nulla alcune cose piccole. Il risultato aveva avuto spesso conseguenze inattese, ma almeno era qualcosa. Valeva la pena tentare.

Mi massaggiai le tempie mentre cercavo di ricordare le parole esatte dell'incantesimo sui piccoli oggetti imparato nella seconda lezione. Pezzi della formula lentamente mi tornavano alla mente mentre immaginavo le parole.

Cambiai direzione e tornai di nuovo verso l'hotel. Potevo fare pratica nella mia stanza della suite senza che Mamma o zia Pearl lo sapessero. Almeno sarebbero state nei pressi se avessi avuto qualche problema.

Un, due, tre
  Un cellulare qui per me...

No, non mi sembrava giusto. Iniziai a camminare lentissima.

Un, due, tre
  Il cellulare ora c'è...

Lo scambio di una sola parola poteva avere risultati disastrosi, quindi provare e sbagliare non era una buona idea. Se solo avessi avuto un esempio a cui rifarmi.

Entrai in albergo e mi diressi all'ascensore. Ero così immersa nei miei pensieri che andai dritta contro il petto di un uomo.

Un petto duro e muscoloso.

E mi ritrovai a fissare dritto negli occhi azzurro intenso di un uomo che non vedevo da molto tempo.

rretrai e cominciai a scusarmi, improvvisamente imbarazzata.

"Cendrine West! Ti riconoscerei dovunque." Rocco Racatelli fissò il mio petto prima di alzare lentamente lo sguardo verso il mio volto.

"Sono felice di vederti qui." Mi infastidì il fatto che mi aveva mangiata con gli occhi, ma mi resi conto di aver fatto esattamente la stessa cosa. Studiai la sua espressione, per capire se fosse serio o se scherzasse. A sentire zia Pearl, Rocco non solo sapeva che eravamo lì ma aveva anche fatto in modo che avessimo quella fantastica suite da ricconi. L'ultima persona cui avrei voluto dover un favore era Rocco Racatelli.

"Sei sorpreso di vedermi?" Tornai con la mente alla sparatoria in reception. Mi aveva sicuramente notata quella mattina anche se, nelle ore passate da quel momento, ero diventata leggermente più disordinata e decisamente alticcia.

Secondo quanto diceva zia Pearl, se lui ci stava aspettando, il nostro incontro poteva a malapena essere considerato una coincidenza. Ma zia Pearl raccontava tante bugie bianche, quindi era impossibile sapere la verità. Tenni la bocca chiusa, per ogni evenienza.

"Ma certo." Strizzò gli occhi azzurri. "Quanto tempo è passato? Dieci anni?"

Incrociai il suo sguardo e annuii, senza parole di fronte a questo bellissimo estraneo che non aveva niente in comune con il Rocco che mi ricordavo. Il teenager paffuto e brufoloso che avevo conosciuto a Westwick Corners era sparito. Dieci anni e parecchio tempo in palestra avevano completamente trasformato l'aspetto di Rocco. Si era vestito casual dopo la sparatoria nella reception, ma era sempre attraente. I muscoli sagomavano la stretta t-shirt bianca, quasi smagliante come il suo sorriso. Indossava jeans sbiaditi e stivali da cowboy. Sul volto abbronzato portava una traccia di barba.

E quei penetranti occhi azzurri. Quasi non riuscivo a guardarlo negli occhi, ma non potevo nemmeno staccarmene. Ne ero completamente soggiogata.

Aprii la bocca per rispondere, ma non uscì niente. Non era solo il suo bell'aspetto a lasciarmi senza parole. Sembrava avere un'aura che mi attirava come una calamita. Il cuore mi batteva forte e arrossii fino alla radice dei capelli.

Dovetti combattere lo strano desiderio di tirarmelo vicino e seppellire il volto nel suo petto muscoloso. Il buonsenso mi tratteneva, ma a fatica. Questo non era per niente lo stesso Rocco con cui ero cresciuta a Westwick Corners.

Wow.

Cosa diavolo stava succedendo? Sembrava che fossi sotto incantesimo o qualcosa del genere.

O sotto l'influenza della stregoneria di zia Pearl.

Se Rocco aveva notato il mio silenzio imbarazzato aveva fatto finta di niente.

"Prendiamo qualcosa da bere e mettiamoci in pari." Gli occhi di Rocco si spostavano continuamente mentre lui controllava la strada affollata.

"Ehm, in questo momento non posso, Rocco. Stavo andando a comprare un cellulare." Il cuore sembrava scoppiarmi nel petto mentre una sottile striscia di sudore mi spuntava sulla fronte. "Sai dove posso trovarne uno?"

"Devi chiamare qualcuno? Tieni, usa il mio." Sbloccò lo schermo e me lo passò.

Stavo per restituirgli il telefono ma ci ripensai. Avrebbero potuto volerci ore per comprare o far apparire un telefono. Usare il suo avrebbe risolto all'istante il mio problema. Prima riuscivo a chiamare Tyler, meglio era. "Certo, grazie. Ci metterò un minuto."

Mi allontanai di qualche passo verso una panchina in un giardinetto e digitai il numero di Tyler. Rocco tornò verso l'ingresso dell'-hotel e mi fece segno di seguirlo. Mi accodai a lui mentre si dirigeva verso il bar accanto alla reception. Ero praticamente costretta ad andargli dietro, dato che avevo il suo telefono.

Tyler rispose al primo squillo. "Ho immaginato che doveva essere successo qualcosa. Dove sei?"

Era così bello sentire la sua voce e non sembrava nemmeno arrabbiato. Sembrava piuttosto preoccupato. Molto dolce considerando il fatto che gli avevo dato buca.

"Ehm, a Las Vegas." Lanciai un'occhiata a Rocco, che era lontano qualche metro e non poteva sentire. Era arrivato al bar e stava fermando un cameriere. "Direi che zia Pearl non scherzava riguardo al viaggio." Non gli raccontai del colloquio di lavoro perso e del presunto biglietto vincente della lotteria. Era tutto troppo difficile da spiegare e non avevo molto tempo per parlare dato che stavo usando il telefono di Rocco. "Mi dispiace molto per il nostro appuntamento. Capirò se sei arrabbiato con me."

Tyler sogghignò sommessamente. "Sono cose che succedono. Soprattutto con quella tua zia. Ci riorganizzeremo. Quando tornerai in città?"

"Ehm... Non sono ancora sicura. Siamo qui per un funerale, solo che zia Pearl non mi vuole dire per quanto tempo dobbiamo fermarci." Evitai di menzionare il progetto di zia Pearl *Vegas Vendetta* e la sparatoria nella reception. Il primo era impossibile da spiegare è la seconda rischiava di mandarlo fuori di testa.

"Sì? Chi è morto?"

"Carla Racatelli, una vecchia amica di zia Pearl. La sua morte è stata piuttosto improvvisa." Sembrava meglio non dire che era stata assassinata.

Tyler fece un respiro profondo e poi la linea rimase muta.

Nei miei pensieri si fece strada il dubbio. Forse dopo tutto Tyler era davvero arrabbiato. E se non fosse più voluto uscire con me? "Sei ancora lì?"

Tyler si schiarì la voce. "Racatelli? Come Tommy e Carla Racatelli?"

"Già. Li conosci?"

"No, ma ne ho sentito parlare. Dovete conoscerli bene, per fare tutta quella strada fino a Las Vegas per il funerale."

"Vivevano a Westwick Corners circa dieci anni fa. Io andavo a scuola con il nipote, Rocco. È cresciuto con Carla e Tommy dopo che i genitori sono morti in un incidente automobilistico quando era molto piccolo." Ovviamente, Tyler non poteva saperlo dato che si era trasferito a Westwick Corners solo pochi mesi prima, quando aveva accettato l'incarico di sceriffo.

Ma invece lo sapeva. Ne sapeva più di me su di loro e trascorse i dieci minuti successivi parlandomene.

"I genitori di Rocco non sono morti in un incidente automobilistico, Cen. Gli hanno sparato mentre erano in auto. Sono stati uccisi, una vera esecuzione."

Il mio cuore accelerò i battiti. "Ne sei sicuro?"

"Certo che sono sicuro. È stato un omicidio di mafia. Mi sorprende che tu non lo sapessi. Westwick Corners è così piccola. Avrei pensato che un segreto non potesse restare tale a lungo."

"Evidentemente sì." Le piccole città erano note per essere ambienti in cui niente restava segreto, a parte quelle poche cose che potevano allontanare le persone. Queste tendevano a restare nascoste per sempre. Gli affari di mafia evidentemente rientravano in quest'ultima categoria. Mi chiesi che altro la mia famiglia non mi aveva raccontato.

Arrossii alzando lo sguardo verso Rocco, che non sapeva della mia conversazione sulla sua famiglia. Fortunatamente non incrociò il mio sguardo oppure non sarei stata in grado di pensare. La strana presa che aveva su di me sembrava indebolirsi con la distanza. Un altro segno che c'era di mezzo la magia.

"Cen?"

"Eh?"

"Per favore fai attenzione. Sei a conoscenza degli affari di quella famiglia, vero?"

Annuii, ma era una cosa sciocca perché Tyler era a chilometri di distanza e non mi poteva vedere. "I Racatelli contrabbandavano alcolici durante il proibizionismo e Tommy era coinvolto in qualche scandalo politico, bustarelle e cose del genere. Ebbe tutto termine dieci anni fa con un incidente mortale."

"C'è molto altro oltre a questo, Cen. Ti ricordi come è morto Tommy Racatelli?"

"Un incidente in auto. Ha tirato dritto in un tornante ed è caduto in un burrone." Mi rabbuiai. "O i Racatelli sono pessimi guidatori o sono davvero sfortunati con le automobili."

"L'incidente di Tommy è stato ordinato da un boss rivale. Piedini Dolci Racatelli era un uomo potente."

"Piedini Dolci? Non avevo mai sentito prima quel soprannome." Ricordavo vagamente lo strano incidente in cui era morto il nonno di Rocco. Era sembrato strano già all'epoca, dato che il signor Racatelli aveva la cataratta e non guidava mai quando faceva buio.

"Racatelli teneva gli affari e la vita privata molto separati. Per questo viveva nella sonnacchiosa Westwick Corners. Questi bravi ragazzi sono pericolosi, Cen."

"Non più, dato che lui è morto."

"No, ma i suoi soci sono vivi e vegeti. Sai che Carla partecipava alla gestione degli affari di famiglia, vero? Quasi certamente anche Rocco."

"Rocco?" Mi sentii strana a parlare di lui usando il suo telefono. "Ne dubito."

"Solo, stai molto attenta quando gli sei vicina. Ancora meglio, stargli alla larga. Se qualcuno lo vuole eliminare, potresti restare coinvolta."

Tornai con la mente alla sparatoria nella reception. Tyler aveva ragione. Ora che non c'era più Carla, Rocco era l'unico Racatelli sopravvissuto. Non ero sicura che Rocco fosse un criminale, ma avrei potuto controllare. "Starò attenta, ma non c'è proprio niente di cui preoccuparsi." Nel mio intimo ero contenta della preoccupazione di Tyler.

"Sono mafiosi, Cen. Carla comandava un'organizzazione piuttosto grande. Se lei non c'è più, puoi scommetterci che ci sarà una lotta di potere già in corso per prendere il comando."

"Come fai a sapere tante cose su di loro?"

"Sono un poliziotto, ricordi? Ho lavorato anche sotto copertura. I Racatelli erano, e sono, una questione importante. Stanne lontana se puoi."

Nonostante gli avvertimenti di Tyler, non avevo molta scelta. Evitai di dirgli di Rocco e della sparatoria in reception mentre dubitavo della logica di prendere in prestito il telefono di Rocco. "Starò bene. Le nostre famiglie non sono così vicine. Zia Pearl era amica di Carla, vuole solamente presentarle i suoi rispetti."

"Stai attenta. Chiamami se c'è qualcosa che ti preoccupa."

"Ok." Promisi a Tyler che lo avrei chiamato dopo il funerale, quando gli impegni di zia Pearl fossero conclusi e avremmo potuto tornare a casa.

Improvvisamente tutto aveva un senso. Una piccola città come Westwick Corners era il posto ideale per condurre un'impresa criminale. Nessuno poteva andare o venire senza che l'intera città lo sapesse. Era come un antiquato sistema di allarme, anche se alla fine aveva tradito i Racatelli. Anche lo sceriffo poteva essere comprato o, in alternativa, spaventato.

Altre illusioni dell'infanzia cancellate.

Quanto sapevano Mamma e Pearl che non stavano dicendo? Se zia Pearl conosceva qualcuno dei segreti degli affari di Carla, anche lei avrebbe potuto essere un bersaglio. La conoscenza poteva essere una cosa molto pericolosa.

CAPITOLO 12

S alutai Tyler proprio nel momento in cui Rocco mi faceva segno di raggiungerlo a un tavolino d'angolo. Sedeva con la schiena al muro, in modo da avere una buona visuale di chiunque entrasse o uscisse dal bar. Annuì verso due giovanotti corpulenti in abito scuro che sedevano al tavolo vicino.

Il tipo di fronte a me aveva la testa rasata che luccicava per il sudore, nonostante la freddissima aria condizionata del casinò. Sembrò essere il più esperto dei due. Fece un cenno a Rocco mentre mi sedevo.

Non avevo notato prima quegli uomini, ma era evidente che erano le guardie del corpo di Rocco.

Loro invece mi avevano notata, a giudicare da come mi squadravano per lungo e per largo.

Li guardai in cagnesco e mi sedetti di fronte a Rocco. "Sono così dispiaciuta per tua nonna, Rocco."

Zia Pearl non aveva fornito molti dettagli, quindi non sapevo esattamente cosa dire. "Cosa è successo, di preciso?"

"È stata colpita." La voce di Rocco era piatta e lui era stranamente calmo, considerando che la nonna era stata uccisa.

"È stata colpita da un'auto?" Mi tornarono in mente i commenti di

Tyler. Forse era un altro incidente che, dopo tutto, non era così casuale. Non riuscivo ancora a credere che qualcuno potesse aver ucciso Carla, nonostante quello che sosteneva zia Pearl.

Scosse la testa. "Non letteralmente."

"Ah… come è morta, allora?" Sorseggiai la birra e mi preparai ai dettagli raccapriccianti. Mi sentivo male a fare certe domande in un momento simile, ma dovevo sapere se il racconto di zia Pearl era vero.

"L'ho trovata in piscina, galleggiava con il volto verso l'alto. All'inizio ho pensato che stesse semplicemente lì con gli occhi chiusi. Ma non si è più svegliata." La voce di Rocco si spezzò. "La polizia dice che è stato un incidente… che è annegata."

"Ma tu hai detto che qualcuno…"

Lui annuì. "Qualcuno l'ha fatta fuori. Ne sono sicuro. Solo non so come provarlo."

Fremetti per il disgusto. Avevo scritto alcuni pezzi su annegamenti per il *Westwick Corners Weekly*. Non avrei saputo dire cosa, ma c'era qualcosa che non mi convinceva. "Quando l'hai trovata?"

"Avevamo cenato insieme meno di un'ora prima. Ero tornato da lei solo perché avevo dimenticato il portafogli."

"Sei stato l'ultimo a vederla viva?"

Lui annuì. "Ho sospettato qualcosa appena l'ho vista in piscina. Lei non sarebbe mai e poi mai entrata per più di tre metri in quella piscina. Aveva una paura folle dell'acqua."

Dato che ero bloccata in quella città fino a funerale eseguito, avrei potuto fare un po' di indagini. "Il medico legale ha già eseguito l'autopsia?"

"No. Non penso nemmeno che lo farà. Ho sentito che lo considerano un indicente."

Ero sorpresa del fatto che non conducessero nemmeno una indagine rapida, considerato il nome dei Racatelli. L'annegamento accidentale di un boss della malavita avrebbe dovuto far alzare ogni genere di bandierina rossa. "Forse il medico legale farà comunque un'autopsia. Nonostante quello che dice la polizia."

Potevo pensare a un solo motivo perché la polizia avesse concluso che si trattava di un incidente senza fare ulteriori indagini.

Insabbiamento.

Tornai a concentrarmi su Rocco, cercando di trovare un senso a tutta la storia.

Rocco si strofinava una mano nell'altra. "Ho davvero bisogno del tuo talento per arrivare in fondo alla questione, Cen."

"Perché io? Non ho la minima idea di cosa potrei fare per aiutarti. Non vedo come…" A dire il vero non facevamo pubblicità alle nostre capacità soprannaturali ma, avendo abitato per molto tempo a Westwick Corners, Rocco conosceva bene almeno alcuni dei talenti della famiglia West.

"Pearl mi ha già dato la sua parola. Diceva che tu sei un po' arrugginita e tutto quanto, ma lei ti avrebbe dato una mano."

"Ah, sì?" Ero furiosa con zia Pearl e quel suo modo di continuare a insistere, anche se mi sentivo male per Rocco. Era davvero strano, ma la mia preoccupazione su come tornare a casa era stata sostituita dalla vicinanza ai sentimenti di Rocco. Volevo fare qualunque cosa fosse nelle mie capacità per vendicare la morte di sua nonna. Ma tutto quello che riguardava il nostro incontro mi suonava un po' strano. Rocco si era mostrato sorpreso di vedermi, eppure lui e zia Pearl avevano già parlato di me. Forse era stata tutta una recita.

Rocco annuì. "Chiunque sia stato deve pagare. In tanti mirano al nostro business perché la nonna ha costruito un impero che rendeva bene. Bones Battilana non fa eccezione. Vuole una parte dell'attività senza fare neanche un po' di fatica."

Il più grosso dei due bravi ragazzi al tavolo vicino imprecò e abbatté un pugno sul tavolo al sentir nominare il marito di Carla, ora vedovo.

"Non riusciranno a entrare nell'attività, se posso evitarlo." Rocco si accigliò. "Ma prima devo fermarli. Ecco dove entri in gioco tu."

"Eh?" Se i sospetti di Rocco erano fondati, avrebbe dovuto parlarne con la polizia, non con una strega incompetente. "Hai parlato alla polizia dei tuoi sospetti?"

"Non ho insistito. Non avrebbero fatto molto comunque. Sono contenti se ci facciamo fuori uno con l'altro. Gli rende il lavoro più facile. Per quanto li riguarda, queste lotte per il territorio sono il prezzo da pagare per i nostri affari. La nonna aveva messo in piedi un'operazione per il riciclaggio di denaro che aveva molto successo. Lei gestisce, voglio dire, gestiva, tutto tramite questo casinò. Gli uomini di Battilana mi hanno minacciato, dicendomi che sarò il prossimo. Quando non ci sarò più, il business sarà loro."

Anche se mi dispiaceva per Rocco, non ero disposta a unire le mie forze con un'associazione criminale.

Mi coprii le orecchie. "Perché mi racconti tutte queste cose? Più cose so, più sarò in pericolo anch'io." Ora ero doppiamente infuriata con zia Pearl. La suite gratuita in hotel ci poneva decisamente in obbligo di aiutare Rocco.

"Ora sono l'unico Racatelli sopravvissuto, quindi le attività sono mie. Questo significa che sono il prossimo della lista." Rocco si rabbuiò e rimase per un momento a pensare. "Non preoccuparti, comunque. Dato che non sei coinvolta negli affari, verrai lasciata in pace."

"Cosa ti fa essere così sicuro?" Il battito cardiaco mi accelerò mentre mi sporgevo sul tavolo. Farmi tirare in mezzo era una pessima idea. Il cuore mi diceva di sì, anche se il cervello diceva di no. Alla fine vinsero le emozioni. Volevo aiutarlo.

"È una regola non scritta. Ora che sai tutto, non dobbiamo perdere tempo. Lascia che ti racconti della nonna." Rocco fece segno al cameriere di portare un altro giro e si sporse in avanti.

Come giornalista, una parte di me moriva dalla curiosità di conoscere i retroscena della storia. La parte prudente di me preferiva rimanere all'oscuro. Ingollai quello che restava nel boccale di birra. "Ti ascolto."

CAPITOLO 13

"Sai che farei qualunque cosa per te. Dimmi solo di cosa hai bisogno." Mi sporsi in avanti sul tavolo e fissai Rocco Racatelli nei suoi bellissimi occhi azzurri. Forse zia Pearl aveva ragione, dopo tutto. Avevamo entrambi dei segreti di famiglia, sembrava normale che ci sentissimo simili. Eravamo destinati a metterci insieme.

"Sono così felice che tu e la tua famiglia siate venute per il funerale." Rocco mi diede dei colpetti sulla mano. "Sono ancora shockato per quello che è successo, ma questa mattina c'è mancato poco. Per un pelo non sono finito con una croce sopra sulla lista dei nemici di Bones Battilana."

"I tizi nella reception?"

Rocco annuì. "Progetta di uccidermi e far fuggire spaventati i clienti allo stesso tempo. A quel punto sarà libero di entrare con la forza negli affari dei Racatelli senza che nessuno si metta in mezzo. O io prendo lui, o lui prende me."

"Forse c'è un'altra soluzione. Potremmo lanciare un incantesimo per immobilizzarlo o qualcosa di simile." Non ero sicura dei progetti di zia Pearl, a parte che quasi certamente comprendevano la stregoneria. Ora la sua cattiva idea sembrava buona. Un incantesimo avrebbe ridotto le probabilità che si ricorresse alla violenza.

"Anche se funzionasse per quanto durerebbe?" Rocco guardò di lato verso le corpulente guardie del corpo, che sembravano più interessate al menu che a qualunque potenziale pericolo. Mi chiesi se erano gli stessi uomini che proteggevano Carla. In quel caso, la loro disattenzione era sicuramente parte del problema.

"Penso che possiamo trovare una soluzione permanente." Ero tutt'altro che sicura, ma qualcosa dentro di me voleva che dicessi qualunque cosa avrebbe fatto star meglio Rocco.

Una cameriera si avvicinò al nostro tavolo con i drink. Era una ragazzina che sembrava appena uscita dalla scuola superiore. La mano con il vassoio tremava visibilmente mentre appoggiava i bicchieri sul nostro tavolo.

Rocco sorrise e le fece segno di andarsene. Quando fu lontana si sporse verso di me e parlò sottovoce. "Sei sicura di questo, Cen? Potrebbe essere pericoloso."

"Se tu ci copri le spalle mentre organizziamo il tutto, dovrebbe andare bene. Ci occuperemo di Bones così tu potrai tornare a occuparti degli affari." Gli strinsi la mano. L'elemento di pericolo sembrava semplicemente rafforzare i miei sentimenti. Rocco era una variabile nota e avremmo potuto vivere una vita agiata insieme. Che differenza faceva il fatto che aveva un lavoro poco convenzionale? Anch'io non ero molto convenzionale.

Ero una strega, dopo tutto.

Forse avrei dovuto semplicemente dimenticare Tyler. Come sceriffo di Westwick Corners, seguiva regole e norme. La mia famiglia le infrangeva. Lui rappresentava l'ordine e noi eravamo il caos. Per lui sarei stata solo un problema.

Rocco, d'altra parte, era un emarginato proprio come me. Avevamo qualcosa in comune e niente di quello che avrebbe potuto fare la mia famiglia gli avrebbe rovinato la reputazione.

Lui mi diede un colpetto sulla mano e sorrise.

Gli sorrisi anch'io.

Saltai al rumore di qualcosa che andava in frantumi dall'altra parte del bar. Il rumore fu seguito da quello di vetri infranti. Mi girai verso il rumore giusto in tempo per vedere la cameriera cadere in un mucchio accanto al bar. Si era scontrata con un'altra cameriera, che era caduta sul barista obeso dietro al bancone. Lui aveva colpito lo scaffale dei bicchieri alle sue spalle ed era crollato tutto come un domino.

"Ma che..." Rocco saltò in piedi. Sembrava incerto se aiutare e potenzialmente attirare l'attenzione o se restare nell'ombra.

"È appena successo qualcosa." La mano mi volò sul petto.

"Non scherzare."

"No, voglio dire che a me è appena successo qualcosa." Quel rumore forte mi aveva appena portata alla consapevolezza.

Fissai Rocco, che all'improvviso non mi sembrò più così attraente. Sembrava semplicemente una versione più grande e cresciuta del mio compagno di scuola. Il petto muscoloso si era trasformato in quello di un uomo tarchiato con una leggera pancia da bevitore.

Buttai fuori tutto senza pensare. "Penso che zia Pearl ci abbia fatto un incantesimo di attrazione."

"Di cosa stai parlando?"

"Quello che stiamo provando non è reale. L'incantesimo si è spezzato con quel rumore forte." L'incantesimo aveva un meccanismo di sicurezza per garantire che coloro in suo potere ne fossero liberati in caso di situazioni potenzialmente pericolose. Quel rumore aveva riportato le sensazioni reali, almeno le mie.

Rocco si accigliò. "Ma certo che è reale." Uno sguardo di incertezza gli balenò sul volto. "Mi stai dicendo che hai finto i tuoi sentimenti nei miei confronti?"

"No... Voglio dire, per prima cosa non erano davvero i miei sentimenti. Mi piaci Rocco, ma non in quel senso." Mi resi conto con stupore di aver essenzialmente obbedito a una volontà soprannaturale sotto l'influenza dell'incantesimo di zia Pearl. Tutto quello che desideravo in quel momento era di affrontarla e dirle tutto quello che pensavo.

Ma avevo dato a Rocco la mia parola.

Una promessa che non avrei potuto mantenere.

Rocco sembrava ferito. Si girò dall'altra parte, confuso.

"Sono solo io, Rocco. Riesci a sentire la differenza tra i tuoi pensieri per me un momento fa e ora?"

Lui scosse la testa. "Io voglio ancora portarti..." Si accigliò. "Che strano. Ho dimenticato quello che stavo per dire."

"L'incantesimo si è esaurito. Mi dispiace, ma io non posso essere coinvolta nelle tue attività criminali. Prenderemo di certo l'assassino di Carla, ma non sarà con la stregoneria." Ero ancora confusa su quello che avevo realmente promesso ma forse lo era anche Rocco.

"Devi aiutarmi, Cen. Gli sgherri di Bones mi sono alle costole, stanno solo aspettando il momento buono per farmi fuori."

"Sono sicura che possiamo fare un incantesimo di protezione. Ne parlerò a zia Pearl." Una cosa ancora mi restava da chiarire. "Tu erediti le proprietà di Carla, ma cosa succede se muori? Chi è il prossimo per la successione?"

Rocco fece una pausa. "Suo marito."

Mi cascò la mandibola.

"Bones Battilana."

"Ne sei sicuro?"

Rocco mi guardò con un'espressione confusa.

"Voglio dire che... lui non è già il primo? Il marito viene prima di un figlio o di un nipote, non importa quanto è recente il matrimonio. Se questo è il caso, lui non ha nessun motivo per volerti uccidere. Erediterà già tutto quanto."

L'espressione shockata di Rocco mi disse che avevo ragione. Stava succedendo qualcos'altro e io ero decisa a scoprire cosa.

Ero anche furiosa con mia zia. A causa del suo incantesimo, avevo essenzialmente promesso di eliminare un mafioso. Era pericoloso, illegale e accorciava la vita.

Ma una promessa era una promessa e io mantenevo sempre la parola data.

Dovevo solo trovare un modo diverso per farlo.

CAPITOLO 14

*L*a sorte di Rocco era cambiata radicalmente nei dieci anni passati da quando lo avevo visto l'ultima volta. Forse anche il suo carattere.

Tornai a concentrarmi sulla sua storia. Ero ancora stupita della vastità delle proprietà dei Racatelli, di cui l'Hotel Babylon sembrava essere una minima parte. I possedimenti di famiglia dovevano valere centinaia di milioni di dollari.

Tagliai la testa al toro. "A quanto ammonta il business dei Racatelli?"

"Se te lo dicessi, dovrei ucciderti dopo." Rocco sorrise per la prima volta. "Seriamente, comunque, non è niente di cui ti debba preoccupare."

"Non sto scherzando, Rocco. Non ti posso aiutare se tu non mi dici tutto." Mentre mi sporgevo verso di lui, mi resi conto che stavo facendo esattamente quello che aveva in mente zia Pearl. Ero caduta nella sua trappola, avevo abboccato con amo, lenza e galleggiante.

Rocco sorseggiò il suo drink. "La nonna aveva sbaragliato gli avversari. Non con la paura o la violenza, ma pagando stipendi più alti e bonus. I dipendenti le erano molto fedeli. Non ha comprato attività già fiorenti. No. Invece, ha preso quelle male in arnese e le ha trasformate in vincenti con tanto duro lavoro. A Bones non piaceva. Voleva solo il meglio per sé. Ma non era solo quello. Bones non sopportava di essere superato da Carla."

"Perché è una donna?"

Rocco alzò le spalle. "Penso di sì. La cosa è peggiorata quando lei è diventata sua moglie. Non so. La nonna mi ha detto che per lei era solo un matrimonio di convenienza, ma penso che Bones la vedesse in modo diverso."

Mi cascò la mandibola. "Lei lo stava usando?"

"Perché no? Lui stava usando lei, dopo tutto. Entrambi volevano qualcosa dal loro 'accordo'." Rocco fece il segno delle virgolette con le dita. "La nonna voleva solo qualcosa di poco impegnativo."

Non mi era mai passato per la mente che le signore con i capelli grigi come Carla o zia Pearl avessero flirt o si sposassero con persone che non amavano. "Lo fai sembrare sordido."

"Tu sembri una settantenne. Hai bisogno di un po' di Las Vegas per lasciarti andare."

Fulminai Rocco con lo sguardo, arrabbiata per il fatto che avesse emesso un giudizio così deciso su di me. "Sto bene come sono, grazie."

"La nonna era semplicemente uno spirito libero. Voleva solo rimorchiare. Bones ha insistito per il matrimonio."

Mi mancò il fiato. Quella non era certo la Carla che ricordavo, ma ancora una volta, non la vedevo da quando ero adolescente.

"Ma alla fine lei lo ha sposato. Come mai questo cambiamento improvviso?" I coniugi o i fidanzati erano solitamente i sospetti numero uno, ma le coppie coinvolte erano, solitamente, anche molto più giovani.

"La nonna pensava che avrebbe evitato un aumento della violenza. Gli dava quello che voleva. O almeno lasciava che lo pensasse. Comunque gli ha fatto firmare un accordo prematrimoniale. Era preoccupata che Bones volesse sposarla solo per ottenere il controllo delle nostre proprietà."

"Come questo albergo?" Molte persone probabilmente volevano intrufolarsi nel racket dei Racatelli. Ero sorpresa che Bones avesse voluto procedere con il matrimonio visto che c'era l'accordo prematrimoniale. D'altra parte, non ero a conoscenza di tutti i dettagli legali. Forse Bones aveva ancora qualcosa da guadagnare, anche con l'accordo. Comunque sembrava che Rocco avesse da guadagnare più di chiunque altro dalla morte di Carla. Se poteva appropriarsene, in effetti.

Rocco annuì, gli occhi umidi di lacrime. "Quello e alcune altre cose. Ultimamente la nonna ci stava ripensando e ha cercato di tirarsi fuori dal matrimonio, ma Bones l'ha minacciata. Così è andata avanti. Ma ha lasciato tutto a me."

"Non sembra proprio vero amore." All'improvviso mi sentii molto dispiaciuta per Rocco. Criminale o no, gli era appena stata portata via tutta la sua famiglia. Accordo prematrimoniale o no, Bones evidentemente cercava qualcosa di diverso dall'affetto di Carla.

"Dov'è Bones? L'hai visto?"

"Lo evito il più possibile," disse Rocco. "Sarà al funerale, ovviamente… a recitare la parte del marito addolorato."

"È strano."

Rocco annuì lentamente. "Chiunque sia stato deve pagare. Ma dovrà aspettare fino a dopo il funerale."

Un cameriere portò dei martini per Rocco, me e i due sgherri al tavolo a fianco, anche se non avevamo ordinato niente. L'ultima cosa di cui avevo bisogno o voglia era altro alcol.

Rocco si allungò attraverso il tavolo e mi toccò la mano. "A proposito del funerale… Ti vedrò là, domani?"

Annuii, senza sapere che altro dire. Nonostante le voci sul crimine organizzato che avevano sempre circondato la famiglia, non avevo mai sospettato che Carla ne fosse in qualche modo coinvolta. Ora la mia curiosità era stimolata. Avrei voluto saltare su dalla sedia e correre di sopra a cercare tutto quello che potevo sulla famiglia Racatelli, le loro vite segrete e morti premature.

Il funerale aveva assunto un nuovo significato per me e volevo fare tutto quello che potevo per aiutare Rocco. Qualunque fosse il suo lavoro ora, era ancora lo stesso ragazzo con cui ero cresciuta. Anche i criminali volevano bene alle nonne e nessuno meritava di essere portato via da un killer a sangue freddo. E comunque non ero mai stata a un funerale mafioso.

Mi tornò in mente l'avvertimento di Tyler. Se stavo attenta, sarebbe andato tutto bene.

Sorrisi a Rocco mentre sorseggiavo il mio drink. "Ci sarò."

CAPITOLO 15

"Tutto è lecito in amore e in guerra," disse zia Pearl. "Ma noi probabilmente possiamo gonfiare un po' le possibilità di Rocco."

Ero tornata alla suite e avevo trovato Mamma che dormiva, Christophe che cucinava qualcosa e zia Pearl tutta intenta a guardare la televisione. Era una sorta di campionato di poker.

Incrociai le braccia e mi misi in piedi davanti alla televisione, impedendole la visuale. "Stai perdendo tempo con i tuoi stupidi incantesimi. Qualunque cosa hai fatto a Rocco e me ora è sciolto."

"Di cosa stai parlando? Non ho mai fatto niente." Zia Pearl agitò la mano per farmi andare via. "Ora togliti da davanti così non mi perdo nessuna mossa. Credo che qualcuno stia per puntare alto e mandare tutto al diavolo."

Mi girai a guardare lo schermo. Tre uomini e una donna fissavano con attenzione le loro carte. Era più noioso di un replay al rallentatore di un torneo di golf. Afferrai il telecomando e spensi la TV.

"Ehi! Stavo guardando." Zia Pearl cercò di prendermi di mano il telecomando, ma io lo tenni fuori dalla sua portata.

"Una cosa è rapirmi, ma farmi un incantesimo e mettere in pericolo la mia vita? Non va bene, zia Pearl. Per fortuna l'incantesimo si è spezzato." Se dovevo stare in mezzo a una guerra per il territorio, almeno volevo essere in possesso delle mie facoltà.

"Hai usato un contro-incantesimo? Ben fatto!" Si illuminò subito. "Vedi, tutto quello che dovevi fare era applicarti."

"Io non ho fatto niente. L'incantesimo si è spezzato perché non era abbastanza forte. In ogni caso, non sopporto il tuo tentativo di combinare matrimoni e intrometterti." Appoggiai il telecomando sul tavolino da caffè.

Zia Pearl sporse il labbro inferiore facendo il broncio. "Stavo solo cercando di aiutare, Cen. Sei sempre così irritabile da quando hai annullato il matrimonio che pensavo di poter mettere un po' di pepe nella tua vita. Non devi essere così irriconoscente."

Era proprio da zia Pearl ricordarmi il mio quasi-matrimonio con Brayden Banks, che mi aveva venduta per 30 denari solo per riempirsi le tasche. I soldi sembravano essere all'origine di tutti i mali del mondo. La ricchezza di Carla era stata anche la causa della sua rovina.

"Non sono irriconoscente e ho già abbastanza pepe..." Avevo detto troppo.

Zia Pearl alzò gli occhi al cielo mentre afferrava il telecomando e riaccendeva la TV. "Mi avevi quasi imbrogliata."

"Non avresti mai dovuto fare quell'incantesimo a Rocco e me. Ora gli ho promesso qualcosa che non posso mantenere." Le raccontai dell'errata convinzione di Rocco di essere l'erede di Carla. "Lui sa del matrimonio, ovviamente, ma ha detto che Bones ha firmato un accordo prematrimoniale."

Zia Pearl rise. "Bones non firmerebbe mai niente del genere. Ma non è un gran problema. Ci inventeremo qualcosa."

"Ma come... Rocco sta per perdere i suoi mezzi di sostentamento. E Bones ha appena guadagnato un intero nuovo impero d'affari." Raccontai la versione di Rocco della relazione di Carla – se vogliamo chiamarla così – e del matrimonio forzato. "Rocco mi ha detto che la polizia considera la morte di Carla un incidente."

"Non è possibile," disse zia Pearl.

"E cosa ne è di Bones? Pensi che l'abbia uccisa lui?"

"Cosa ne è di lui?" Il volto di zia Pearl si scurì. "Non preoccuparti. Ne parleremo più tardi."

Qualcosa nella voce di mia zia mi fece capire che non era il caso di insistere, ma lo feci comunque.

"Carla deve aver avuto tonnellate di nemici, considerando il suo campo d'affari. Anche Rocco aveva un movente."

"Non Rocco." Zia Pearl scosse la testa. "Rocco amava sua nonna. Hai ragione sulle altre persone che la volevano morta, comunque. Vorrei solo che fossimo arrivate qui prima. Quando la situazione ha cominciato a peggiorare, mi ha pregata di aiutarla. Ma sono arrivata tardi." Una lacrima solitaria le scorse lungo la guancia.

Mi buttai accanto alla zia sul divano e le strinsi le spalle. Zia Pearl per me era sempre stata una colonna portante, nonostante la sua statura minuta. Ora sembrava semplicemente piccola e vulnerabile.

"Per favore dimmi che non sei anche tu una mafiosa." Mi sentivo come se non conoscessi più davvero mia zia e non potevo tollerare altri segreti. Soprattutto non segreti che riguardassero gangster dal grilletto facile. Eravamo davvero troppo coinvolte negli affari degli altri. Gente spietata, che non si sarebbe fermata davanti a niente per liberarsi di noi, se ci fossimo trovate in mezzo.

Si allontanò. "Certo che no. Ma sono amica di Carla. Con o senza di te, farò qualunque cosa per proteggere Rocco. E vendicare la morte di Carla. Ora, ci stai o no?"

"Certo che ci sto." Sospirai. Zia Pearl mi aveva tirata come una corda di violino e non mi restava altro che suonare.

CAPITOLO 16

On avrebbe potuto essere un giorno più caldo per un funerale. Stavamo sul vialetto d'asfalto, a pochi passi dall'imponente mausoleo dei Racatelli che offuscava tutte le altre tombe del cimitero. Una decina circa di ospiti stava in un silenzio tetro, nell'attesa che il funerale prendesse l'avvio.

Mi girai verso zia Pearl. "Bones sarà al funerale? Non lo vedo."

Lei alzò le spalle. "Chi lo sa?"

Lui aveva certamente un movente per uccidere Carla, anche con l'accordo prematrimoniale. Senza Carla, aveva un concorrente in meno. Anche così, non potevo immaginare che il marito di Carla non presenziasse al funerale, ma Bones non si vedeva da nessuna parte.

Forse se l'era già data a gambe, anche se la polizia riteneva che la morte di Carla fosse un incidente. O forse stava già con i piedi a mollo nell'impero dei Racatelli mentre l'attenzione di Rocco era concentrata sul funerale.

"Avvisami quando lo vedi," dissi.

Zia Pearl era al mio fianco, ma avrebbe potuto essere un milione di chilometri lontano. Forse era il sole caldo o forse era troppo presa dai ricordi di Carla. Le diedi un colpetto sul braccio.

"Eh?"

"Quando vedi Bones, indicamelo, ok?" La processione del funerale era in ritardo e io stavo arrostendo a quel calore di quasi quaranta gradi. Il vestito nero di lana che zia Pearl aveva creato per me con la magia era pesante e soffocante. Le mie gambe erano imprigionate in pesanti calze nere e decolleté troppo piccole, anche queste dono di zia Pearl. Come al solito, le sue scelte in fatto di guardaroba erano volte contemporaneamente a punirmi e a incentivarmi a migliorare le mie capacità come strega. Al modo tipico di zia Pearl, il mezzo era il messaggio. La sua scelta di un vestito di lana in una località nel deserto era pensata per farmi soffrire il caldo.

"Tieni bassa la voce, Cendrine." Zia Pearl strizzò gli occhi. "Non pronunciare il suo nome o attirerai troppo l'attenzione."

La gravità della situazione mi colpì all'improvviso. Questo era un vero funerale mafioso. Forse la mia eccitazione nel prendere parte ai Soprano della vita reale era mal posta. Avremmo potuto facilmente trovarci in mezzo alla sparatoria di una guerra tra famiglie mafiose.

"Forse dopotutto non avremmo dovuto venire al funerale," dissi. "E se succedesse qualcosa?" Più ci pensavo, meno mi sembrava che avesse senso per noi trovarci in mezzo a criminali conosciuti. "E se questi bravi ragazzi della famiglia vengono a porgere i loro rispetti?"

Zia Pearl alzò le spalle. "Un motivo in più per noi per essere qui. Rocco ha bisogno di ben più che guardie del corpo. Ha bisogno di uno scudo magico se vuole superare la giornata."

La zia mi strizzò il braccio per rassicurarmi. "Andrà tutto bene, Cen. Rilassati. Dobbiamo essere qui. Carla faceva praticamente parte della famiglia."

Mi girai verso la mamma, che aveva un aspetto chic ed elegante con un vestito nero di lino senza maniche che arrivava appena sotto al ginocchio. Era semplice, fine e molto più adatto al clima di Las Vegas rispetto al mio abito in lana. "Io conoscevo a malapena Carla Racatelli quando viveva a Westwick Corners. Non le sono di certo mancata quando si è trasferita dieci anni fa. E certamente non avrebbe notato se non avessi partecipato al funerale."

"Forse no, ma la tua presenza farà una grande differenza per

Rocco, che saprà di avere il tuo supporto." La mamma mi diede un colpetto sulla mano.

Rocco. Gli avevo promesso che sarei stata al funerale, ma lui aveva tante cose per la mente che probabilmente si era già dimenticato di me. Se l'incantesimo di zia Pearl era svanito per me, lo era di sicuro anche per lui. In qualche modo strano, questo mi dispiaceva.

"Perché Rocco dovrebbe aver bisogno del mio supporto? Non l'ho visto né gli ho parlato per anni."

Il battito del mio cuore accelerò al ricordo della sua mano sulla mia. Mi sentivo stranamente attratta da lui a livello fisico, anche se il mio cervello mi diceva che non era proprio la persona giusta per me. Forse l'incantesimo non era svanito completamente.

Desideravo Tyler, non Rocco, ma non l'avrei visto finché non avessi lasciato Las Vegas. Ritornai con la mente a quando Tyler ci aveva fermati sull'autostrada. Il suo sorriso affascinante, il suo bell'a-spetto nell'uniforme.

All'improvviso mi sembrò chiaro che zia Pearl sapeva della mia attrazione segreta per Tyler. Forse mi aveva rapita non solo per aiutare Rocco, ma per tenermi lontana da lui. Come sceriffo era l'in-cubo della sua esistenza. La zia sperimentava continuamente i limiti della legge e del mettersi nei guai. Sarebbe inorridita sapendo che uscivo con lui. Ma ci eravamo dati un gran daffare per mantenere il nostro segreto al sicuro da tutti, compresa zia Pearl, quindi era possi-bile che non ne sapesse niente.

O forse sapeva tutto. Mi vennero i brividi.

"Ehi, Cen?"

"Sì?"

"Ti ho detto che devi portare la bara? È meglio che tu prenda posto dietro a Rocco." Indicò verso Rocco, che stava in piedi con altri quattro uomini anziani. Mi chiesi se fossero parenti di Racatelli anche loro lì per portare la bara. Se lo erano, sembravano parecchio più anziani di quanto fosse Carla.

"Cosa? No!" All'improvviso erano tutti in silenzio e tutti mi fissa-vano. Anche il traffico sulla strada vicina sembrava essersi fermato.

"Cendrine West, muovi il culo e vai a metterti in posizione." Zia

Pearl mi spinse verso quegli uomini. Per la prima volta notai la bara dietro di loro.

E tutti notarono me. Strisciai verso il gruppetto e, dato che non avevo scelta, presi il mio posto.

Saltai sentendo un leggero fischio.

"Pssst!" Zia Pearl mi mostrò il pollice alzato.

Quel gesto attirò l'attenzione di due uomini in abito scuro con il fisico da giocatori della nazionale di football. Li riconobbi immediatamente come guardie del corpo di Rocco e mi chiesi perché dovevo portare io la bara al posto di uno o di entrambi quegli uomini muscolosi.

Ma certo.

Loro dovevano avere le mani libere, nel caso avessero dovuto estrarre le armi per proteggere Rocco.

Provai un brivido d'orrore. Chiunque avesse sparato a Rocco avrebbe mirato anche a me. Mi sarei trovata solo qualche passo dietro di lui per portare la bara.

Era chiedere troppo per chiunque e io non desideravo certo mettere la mia vita in pericolo mortale portando la bara di un boss criminale. Camminai verso zia Pearl. Era girata di spalle e parlava con la mamma così non mi vide finché non le toccai il gomito.

"Cendrine West, torna al tuo posto." Gli occhi di zia Pearl si spalancarono. "Veloce!"

Scossi la testa. "No, zia Pearl. Questo non è il mio posto e io voglio tornare a casa." Senza auto e senza soldi per comprare un biglietto aereo, le mie possibilità erano limitate. Guardai Mamma impotente. Avrebbe potuto fare qualcosa?

La mamma scosse la testa davvero piano, sperando che la sorella non la notasse.

"No, devi restare, Cen." Zia Pearl sporse fuori le labbra. "La processione ha bisogno che tu porti la bara. E anche io ho disperatamente bisogno del tuo aiuto."

"Perché io?" Mi sentivo colpevole a sollevare un polverone in un'occasione così seria, ma sentivo anche guai in vista. Qualunque asso zia Pearl avesse nella manica sarebbe stato pericoloso, imbarazzante o entrambi.

"Sei una distrazione." Mi sistemò una ciocca ribelle di capelli dietro l'orecchio. "Lo sai, bel bocconcino. Devi catturare l'attenzione di questi pistoleri dal grilletto facile mentre Ruby e io facciamo le nostre magie."

"Non capisco perché…"

"Non discutere con me. Ricorda, mi sono slogata la caviglia e quindi tu mi sostituisci per portare la bara." Il labbro inferiore di zia Pearl si sporse in avanti in un broncio esagerato mentre un bastone le appariva magicamente davanti. "Questa è la storia. Mi farò perdonare, lo prometto."

Mi accigliai. "Non mi ricordo che tu ti sia fatta male. Sembravi decisamente in forma questa mattina."

"Stavo recitando, Cen. Guardami, riesco a malapena a camminare." Il labbro inferiore di zia Pearl tremò. "Se non prendi il mio posto rovinerai il funerale di Carla."

"Dubito che lo noterà."

"Aiutami solo a uscire da questo casino," disse zia Pearl. "Si tratta di fare qualche passo e sarà finita."

Discutere con zia Pearl era inutile. Aveva sempre ragione lei e io ero troppo stanca per controbattere seriamente.

Gli altri portatori mi fissavano insistentemente. Evidentemente ero la protagonista dello show.

Non sapevo che cosa fosse più terribile: portare un cadavere a un funerale della mafia o la mia attrazione apparentemente incontrollabile verso Rocco. Tutto quello che sapevo era che zia Pearl avrebbe fatto una scenata se io non avessi ubbidito.

L'ultima cosa che desideravo era di stringere legami con qualcuno che operava ai limiti della società. Perché, se c'era una cosa che sapevo della famiglia Racatelli, era che era collegata ad alcuni personaggi molto potenti del mondo criminale. Persone che io non volevo nemmeno sapere che esistevano.

La cosa più preoccupante era l'apparente legame di zia Pearl con la famiglia Racatelli. Non aveva nominato Carla neanche una volta da quando la famiglia se n'era andata improvvisamente da Westwick Corners circa dieci anni prima e lei non era una da mantenere le comunicazioni a distanza. C'era dietro qualcos'altro, ne ero sicura.

CAPITOLO 17

Il funerale infine prese l'avvio con un'ora di ritardo, senza nessuna spiegazione. Mentre Rocco e i suoi aspettavano nella limousine con l'aria condizionata, zia Pearl, Mamma e io eravamo sull'asfalto cocente con il resto dei partecipanti, in attesa che la cerimonia iniziasse. Quel pomeriggio il sole picchiava senza pietà e mi sembrava di essermi già scottata. Mi asciugai il sudore dalla fronte e spostai il peso da una scarpa scomoda all'altra.

Rocco uscì dalla limousine affiancato da quattro guardie del corpo nerborute. Due le riconobbi da prima, le altre due non le avevo mai viste. Aspettammo che Rocco e i suoi percorressero lentamente il vialetto di asfalto su cui eravamo allineati, all'esterno dell'edificio.

Era la giornata ideale per indossare canottiera e pantaloncini piuttosto che abiti invernali in lana e io mi sentivo svenire per il caldo. Non sarei riuscita ad aspettare che finisse la cerimonia.

Il becchino fece scivolare la bara dal carro funebre e indirizzò i portatori nella nostra direzione. Invece di essere alle spalle di Rocco come pianificato, ero strizzata tra due uomini di circa settant'anni dall'aspetto fragile. Erano entrambi gobbi e sembravano ancora più vicini al collasso di quanto lo fossi io.

Non avevo mai portato una bara prima ed ero molto nervosa. Non era esattamente il genere di cosa per cui si fanno le prove. Fortunatamente avevo uno dei posti in mezzo così avrei dovuto semplicemente seguire gli altri. Erano tutti più vecchi di me di decenni, quindi ritenevo che avessero già fatto questo genere di servizio.

Presi il mio posto e afferrai la maniglia di metallo. La bara era alla mia destra. Non avevo nessun genere di confidenza con gli altri portatori, che avevano l'aspetto di chi avrebbe avuto problemi anche a portare la borsa della spesa per un solo isolato. Speravo solo che tutti insieme saremmo stati abbastanza forti. La distanza dal cimitero era solamente di una cinquantina di metri, ma poteva succedere di tutto.

Sembrava curioso che fossi l'unica donna a portare la bara, soprattutto dato che ero la sostituta dell'ultimo minuto per zia Pearl. Era una sagoma di neanche un metro e mezzo e non sarebbe riuscita a sollevare la bara in alcun modo senza ricorrere alla magia. Era strano che fosse stata scelta. Lo eravamo tutti, considerando quanti uomini giovani e prestanti c'erano lì intorno. I presenti erano un centinaio di persone circa e tutte erano probabilmente più vicine a Carla o Rocco di quanto lo fossi io. Potevo capire che le guardie del corpo non fossero state prese in considerazione, ma tutti gli altri convenuti con buone capacità fisiche? Perché non erano stati scelti come portatori?

Mi asciugai il sudore dalla fronte con la mano libera quando mi resi conto che zia Pearl aveva organizzato il mio servizio di portatrice già da tempo. Come al solito aveva un piano. Avrei solo voluto sapere quale.

Mi sentivo più stanca ad ogni passo. Facevo fatica a mantenere la bara di Carla all'altezza degli altri portatori che, anche se deboli, erano un po' più alti di me. Dovevo tenere il braccio alto in modo scomodo per mantenere l'allineamento con gli altri.

La cassa era incredibilmente pesante e mi sentivo come se dovessi cadere in ogni momento. Considerando il nostro procedere lento, anche gli altri portatori dovevano avere problemi a reggere il peso.

Continuammo con la massima calma a percorrere l'asfalto irregolare. Contavo ogni passo mentre perdevamo l'equilibrio e poi lo ritrovavamo di continuo. Arrancammo fino al cimitero, ancora lontano una trentina di metri. Ero sempre più sudata mentre la maniglia di metallo affilata della bara mi si conficcava nella mano. Eravamo quasi a metà, ma il dolore alla mano era diventato insopportabile.

Se avessi continuato così, sarei potuta svenire prima di raggiungere il cimitero. Guardai i miei compagni fragili e anziani e dubitai della nostra possibilità di arrivare alla fine.

Uno, due, tre...

Contavo silenziosamente i passi, pensando che ne mancavano al massimo cento prima di poter posare la pesante cassa di legno.

Quattordici, quindici...

L'uomo davanti a me inciampò in una crepa dell'asfalto e barcollò in avanti e di lato. Cadde sulle ginocchia, tenendo comunque la bara con una mano. Avevo le ginocchia tese sotto quel peso e non potevo fare altro per evitare di cadergli addosso. Rimpiansi subito di aver saltato gli allenamenti di sollevamento pesi. La gamba destra mi si storse mentre facevo un balzo in avanti. Questo mi fece perdere il ritmo degli altri portatori e il loro passo strascicato. Vacillai per un attimo ma poi riacquistai l'equilibrio. Ci fermammo tutti un momento mentre il peso della bara si spostava in modo pericoloso.

Qualcuno aiutò l'uomo a rimettersi in piedi. Con mia sorpresa, riprese il suo posto davanti a me. Mi sarei aspettata che qualcuno lo sostituisse, ma non lo fece nessuno.

"Accidenti, quanto pesa," dissi sottovoce. "Carla doveva essere ingrassata parecchio." Se qualcuno degli altri portatori mi aveva sentito, non lo diede a vedere.

"Pronti? Uno, due, tre." L'uomo davanti aveva parlato con voce appena udibile. "Questa volta andiamo più lenti."

Io gemetti. Avevo pensato che avremmo potuto accelerare un po' prima di perdere lo slancio. Comunque non osai dire niente.

Obbedimmo e trascinammo i piedi sull'asfalto verso il becchino come una squadra militare geriatrica al rallentatore. Il becchino ci diede indicazione di girare a destra lasciando l'asfalto e camminando sull'erba. Barcollammo sul terreno irregolare lungo una fila di lapidi. Stava diventando sempre più difficile restare in formazione, mantenere l'equilibrio e tenere la bara alla stessa altezza tutto nello stesso momento.

Mi concentrai sui miei passi, mettendo un piede davanti all'altro.

Facemmo qualche altro metro sull'erba quando persi l'equilibrio. La maniglia della bara era entrata ancora più a fondo nella mia mano, impedendo la circolazione. Non sentivo più la mano e non potevo più sentire la maniglia di metallo. Mi costrinsi ad andare avanti. Ancora qualche passo e ce l'avrei fatta.

Era passato tanto tempo da quando avevo visto Carla Racatelli, ma anche concedendole dieci anni di porzioni da Las Vegas, la bara era pesante oltre ogni dire.

Davvero strano, perché la Carla che mi ricordavo era una donnina come zia Pearl che a malapena pesava cinquanta chili. Tutto il peso in più sarebbe stato diviso tra noi sei, quindi non avrebbe dovuto richiedere una forza sovrumana. Ancora una volta le ginocchia mi si tesero per lo sforzo.

La mano mi pulsava per il dolore mentre mi concentravo sul terreno, contando gli ultimi passi e i secondi che ci separavano dal momento in cui avremmo raggiunto il luogo del riposo eterno di Carla e dove finalmente avrei potuto riposare la mano dolorante.

Un piccolo gruppo di uomini e donne vestiti di nero si erano radunati intorno alla tomba aperta, mentre il resto della processione era dietro di noi. Mentre ci avvicinavamo andavamo sempre meglio.

Mancavano pochi metri e poi avrei potuto riposare la mano.

Gli ultimi momenti finirono in confusione perché il fondo della bara si spezzò e ne uscì qualcosa. Restai agghiacciata mentre il peso si spostava.

Una donna urlò indicando nella nostra direzione.

Guardai la bara e la mia bocca si aprì per l'orrore.

Delle gambe uscivano dalla parte inferiore della cassa proprio vicino a me.

Gridai.

Gambe pelose. Cosce senza dubbio maschili fuoriuscivano da gambe di pantaloni sollevate. Le gambe erano attaccate a un corpo che era sicuramente di un uomo, con una pancetta a malapena contenuta in un abito nero gessato.

Non era Carla.

Il cadavere cadde sul terreno come una bambola da crash test sofferente di rigor mortis avanzato.

La bara si mosse verso l'alto per l'improvvisa diminuzione di peso. Io cercai di mantenermi dritta. Questa volta troppo poco, troppo tardi. La bara ci sfuggì di mano e cadde di testa in avanti, sull'erba. Poi si raddrizzò in un colpo sopra al cadavere.

La mamma gridò e indicò la cassa. "Non è Carla."

Non la era di certo, a meno che Carla Racatelli non si fosse trasformata in un uomo sovrappeso.

Zia Pearl perse i sensi e cadde all'indietro tra la folla di persone radunate intorno alla bara. Due trentenni robusti in vestito nero la presero e la aiutarono ad arrivare dietro al carro funebre, dove si riposò appoggiandosi al portellone.

Un cardine scricchiolò e il coperchio della bara si aprì. La minuta Carla Racatelli sorrise serenamente alla folla, le braccia piegate con cura sul suo corpo rigido. In qualche modo era rimasta dentro alla cassa e ne fui felice.

Una coppia di ragazzini scattava foto con il cellulare. Io rabbrividii al pensiero di cosa avrebbero potuto postare su Facebook, Instagram o qualche altro sito di social media. C'era di mezzo la morte, ma Carla e il suo ospite non invitato sarebbero diventati virali.

"Ehi, mettete via quei telefoni e aiutateci con la bara!" Indicai i ragazzi e li indirizzai a raccogliere la cassa e portarla alla tomba.

Furono così shockati dalla mia reazione che di malavoglia misero via i telefoni nelle tasche e ubbidirono.

"Le sta bene," borbottò un uomo ingobbito vestito di nero. "Se l'è cercata."

Scoppiò un litigio tra due uomini in piedi alle sue spalle, mentre gli altri discutevano su chi sarebbe stato il prossimo. Il triste funerale si era trasformato in un diverbio e mi chiedevo quando avrebbero iniziato a lanciarsi cose l'un l'altro.

O peggio, pensai quando vidi le guardie del corpo di Rocco infilare le mani sotto le giacche dei vestiti.

"Cosa diavolo sta succedendo?" Rocco Racatelli arrivò davanti all'impresario di pompe funebri bloccandogli la strada. "Cosa avete fatto a mia nonna?"

"Io… Io non capisco. Ho messo la signora Racatelli io stesso nella bara." L'impresario di pompe funebri arrossì e iniziò a sudare mentre si inginocchiava nell'erba. Fece un respiro profondo e chiuse il coperchio della cassa. "Va tutto bene. Lei è ancora lì dentro."

"Mia nonna aveva pagato in anticipo per un funerale con tutti i crismi," disse Rocco. "Non uno di quegli affari tipo Groupon, due al prezzo di uno e una cassa improvvisata. Te ne pentirai."

I due uomini che avevano aiutato zia Pearl all'improvviso si avvicinarono all'impresario di pompe funebri. Lui tremava, visibilmente spaventato.

"Non ora, ragazzi." Rocco fece loro segno di andare.

Zia Pearl si materializzò all'improvviso al mio fianco. "Carla ne sarebbe mortificata. Non ha mai volato in classe economica. Non avrebbe mai fatto niente di economico come una bara condivisa."

L'impresario di pompe funebri impallidì. "Qualcuno ha manomesso la bara. Ha un doppio fondo."

"Vuoi dire come una bara a due piani?" Questo spiegava il peso della cassa. Insieme, Carla e l'uomo misterioso probabilmente pesavano più di centotrenta chili.

Certo era un modo ingegnoso per liberarsi di un cadavere e poteva funzionare solo grazie alla piccola statura di Carla.

O perlomeno, aveva quasi funzionato.

Il corpo di Carla stava sopra e, se non fosse stato per la rottura della cassa, nessuno avrebbe saputo che c'era un altro corpo sotto. Di rado si cercavano le persone scomparse nei cimiteri.

Ma di chi era il corpo non identificato? Qualcuno doveva sentirne la mancanza. "Qualcuno sa chi è questo tizio?"

Mi guardarono tutti come se fossi stata un'idiota.

"Non lo sai?" Rocco esitò prima di rispondere. "Danny 'Bones' Battilana."

"Bones?" Boccheggiai. Quest'uomo con la pancetta non assomigliava per niente al suo soprannome e non potevo credere che lui avesse spezzato il cuore di Mamma. Colsi un'occhiata di Mamma, che singhiozzava in un kleenex.

"Ah, pensavo solo che tu lo conoscessi." Rocco corrugò la fronte sorpreso.

Scossi la testa, un po' scocciata di essere l'unica che apparentemente non era a conoscenza della storia romantica di Mamma. "Io, ehm, ne ho sentito parlare."

La morte forniva a Bones un alibi a prova di bomba. A giudicare dalle condizioni del corpo era morto da più tempo di Carla. Il foro di pallottola in mezzo alla fronte faceva anche pensare che la sua morte non fosse dovuta a cause naturali.

Se Bones non aveva ucciso Carla, allora chi era stato? Forse la stessa persona aveva ucciso tutti e due. Erano entrambi a capo di una famiglia criminale, quindi chiaramente qualcuno stava puntando al potere.

Osservai attentamente la folla, sentendomi improvvisamente vulnerabile. Chiunque fosse l'assassino, lui o lei probabilmente era qui al cimitero. Mi allontanai da Rocco, nel caso fosse lui il prossimo bersaglio.

Saltai quando mi sentii toccare il gomito. Mi allontanai con uno strattone. "Che diavolo…"

"Cen, smettila di essere così agitata." La mamma mi prese per il braccio. Le lacrime le rigavano il volto ed era chiaramente stravolta. Si appoggiò contro di me. "Chi potrebbe fare qualcosa del genere?"

Avrei dovuto far finta di non sapere niente di Bones? Guardai zia Pearl per avere indicazioni ma lei era troppo occupata a parlare con Rocco per notarmi. Decisi che non era né il momento né il luogo per fare domande sul suo amante segreto. "Qualcuno che voleva nascondere un omicidio, suppongo."

"Perché nasconderlo nella bara di Carla, di tutti i posti che ci sono?" Le sopracciglia di mamma si incupirono. "Sembra che dormano insieme."

"Mi dispiace." Non era mio compito dirglielo, ma Mamma non aveva idea di quanto avesse ragione. Sperai che non lo facesse nessuno, per risparmiarle il dolore. "Sembra che tu la stia prendendo bene."

"Eh? Beh, sono cose che succedono." La mamma alzò le spalle. "Non c'è molto che possiamo fare."

Morivo dalla curiosità di sapere tutto sulla relazione di Mamma con Bones Battilana, ma non osavo chiedere, nel caso qualcuno avesse potuto sentire. Chiunque fosse al corrente della relazione della mamma con Bones avrebbe potuto venire a cercarla, supponendo che fosse al corrente dei segreti dell'amante. Non ci voleva un genio per immaginare che una vendetta mafiosa sul genere pan per focaccia avrebbe solo potuto portare a un peggioramento delle cose. Dovevo trovare un modo per fermare la guerra per il territorio prima che ci fossero altre vittime.

CAPITOLO 18

Rocco non aveva badato a spese per il funerale di Carla. C'era abbastanza cibo da gourmet per un intero esercito di partecipanti e i mafiosi ai funerali sembravano avere un appetito particolarmente vorace. Un flusso continuo di ospiti scorreva lentamente dentro e fuori dalla sala del ricevimento per salutare Rocco. Lui stava vicino alla porta, chiacchierando con tre donne che sembravano avere l'età di Carla.

Un'altra decina circa di persone si aggirava attorno a un grande tavolo da buffet carico di tartine, sandwich, paste e frutta esotica. Ma la maggior parte della gente si affollava al bancone del bar, dove un barista versava abbondanti dosi di whisky, brandy e liquori italiani. Il tono della conversazione si alzava a ogni giro e volgeva soprattutto attorno alla rottura della bara con Bones Battilana, cercando di immaginare come si era potuti arrivare alla sua fine drammatica.

Era difficile ignorare una pallottola in fronte.

Io stavo in un angolo della stanza, cercando con poco successo di confondermi con i drappi color carbone che incorniciavano le grandi finestre. All'aperto la vista scorreva libera verso il cimitero e la tomba, ora scena del crimine delimitata dai nastri, dove la polizia stava affannosamente raccogliendo prove.

Cosa piuttosto strana, la polizia restava all'esterno. Nessuno era entrato per interrogarci. Avevo la sensazione che avessero già la loro lista di sospetti, la maggior parte dei quali probabilmente era già nella stanza. Comunque, nessuno all'interno sembrava aver notato l'attività che si svolgeva lì fuori. I partecipanti al funerale sembravano, per la maggior parte, non curarsene.

Ero ancora scossa per aver lasciato cadere la bara. Era imbarazzante essere l'anello più debole tra i portatori, che avevano tutti per lo meno quarant'anni più di me. Mi promisi di riprendere l'abitudine di allenarmi non appena fossi tornata a casa.

Ma il mio sbaglio aveva avuto un risvolto positivo. Se non fosse stato per me, 'Bones' Battilana sarebbe rimasto il principale sospetto per l'omicidio di Carla, portando l'indagine sulla strada sbagliata. Ora che lui non era più sulla lista dei sospetti potevamo concentrarci su altre piste invece di dare per scontato che Danny Battilana fosse colpevole e fosse scappato. Mi sentii come un qualche genere di eroina incompresa, avendo 'scoperto' il corpo. Stranamente, nessuno sembrava condividere i miei sentimenti.

Mi sentii malissimo per la mamma. Una cosa era scoprire il fidanzato morto, ma vederlo cadere dalla bara di qualcun altro era qualcosa di completamente diverso. La mamma si era comportata in modo esemplare, con calma e dignità. In quel momento era al mio fianco, a metà della seconda porzione di tiramisù.

"Sei sicura di stare bene?" La osservai attentamente.

"Perché non dovrei?" Mamma si pulì le labbra con un tovagliolo. "Viaggio gratis a Vegas, buon cibo e un incredibile attico in cui stare. Che altro potrei chiedere?"

"Sai cosa intendo. Bones."

"Cosa c'entra lui?" Le sopracciglia di Mamma si incupirono.

"Lui era il tuo... ehm, amico, no? Non sei almeno un po' sconvolta?"

"Cosa? Lo conoscevo a malapena, ma non ho mai potuto capire cosa ci trovasse Pearl. Era innamorata di lui."

CAPITOLO 19

Mamma e io eravamo a un'estremità del bancone del bar e quella posizione ci consentiva una buona visuale sia della stanza che delle attività della polizia all'esterno. A parte i numerosi agenti di polizia in uniforme che perlustravano la scena, non sembravano esserci grandi novità.

Mi girai verso la mamma. "Ma con quante donne usciva Bones? Ho contato Carla, zia Pearl e te." Feci il segno con le dita. "Mi manca qualcuna?"

"No, Cen, ti ho già detto che io non sono mai uscita con Bones," disse la mamma. "Non ne sopportavo nemmeno la vista. Ma Pearl e Carla avevano entrambe perso la testa per lui. Questo probabilmente ha rovinato la loro amicizia. Bones ha lasciato Pearl per Carla e poi loro volevano uccidersi a vicenda. Quel tipo non ne vale la pena, se vuoi sapere cosa ne penso."

Mi cascò la mandibola. "Ma zia Pearl ha detto…"

Mamma fece un cenno con la mano per indicare di lasciar perdere. "Sai com'è. Mai una risposta sincera e inventa continuamente cose. Le piace fomentare le controversie."

Zia Pearl non solo aveva taciuto sulla contesa romantica con Carla, ma sembrava anche che mi avesse mentito sulla relazione di Mamma con Bones. Credevo più alla mamma che a zia Pearl e mi sentivo sollevata dalla sua affermazione.

Ma quanto aveva detto Mamma comportava un problema. Significava che zia Pearl aveva un movente per uccidere sia Carla che Bones. Sapevo che non sarebbe stata capace di farlo, ma nessun altro lo avrebbe creduto della mia irascibile e bugiarda zia.

Avrei potuto garantire su dove fosse la zia durante il nostro viaggio in camper, ma per nessun altro momento in precedenza. La polizia non poteva ignorare il foro di pallottola sulla fronte di Bones e questo significava che avrebbero cercato dei sospetti. Era solo questione di tempo prima che puntassero l'attenzione su eventuali relazioni personali come zia Pearl.

Mi girai di nuovo verso la mamma. "Sei assolutamente sicura di non essere uscita con Bones? Mai nemmeno una volta?" Volevo essere del tutto sicura dei fatti.

"Lo giuro sul mio cadavere! Non sopporto quell'uomo."

"Sssh. Non vogliamo che qualcuno si faccia idee sbagliate." Alcune persone al bar guardarono verso di noi, compresa zia Pearl, che non era a portata di orecchi all'altra estremità del bancone. Era praticamente seduta in braccio a un uomo sulla settantina. Il tipo indossava una camicia rosa su misura dall'aspetto costoso sotto a un abito nero gessato rosa in tinta. Sembrava che il gessato fosse un classico senza tempo nel mondo mafioso. "Chi è l'uomo con cui sta parlando zia Pearl?"

"Quello è 'L'uomo'."

"Eh?" Era ovvio che non aveva passato molto tempo a piangere Bones.

"Manny 'L'uomo' La Manna," spiegò la mamma. "Pearl ha un debole per lui e penso che la cosa sia reciproca."

Seguii il suo sguardo puntato verso l'altra estremità del bancone, dove i due avevano intrecciato le braccia e alzavano i bicchieri per brindare. "Zia Pearl ha una cotta anche per lui? Da quando?"

La mamma alzò le spalle. "Da circa un paio di mesi. È impazzita per gli uomini, Cen. Non so davvero cosa le ha preso, ultimamente. Forse è a causa di quei frullati di cavolo che beve."

"Vado a vedere cosa sta combinando." Mi diressi verso il centro del bar e attirai l'attenzione del barista. Volevo prima riempire nuovamente il mio bicchiere di Sauvignon Blanc. Dio sa se avevo bisogno di rinfrancarmi per tirar fuori la verità da mia zia. Sospettavo che zia Pearl, Mamma o entrambe mi avessero mentito riguardo a Bones e non intendevo lasciar perdere finché non ne fossi venuta a capo.

Zia Pearl si materializzò al mio fianco dopo qualche secondo. "Non mandare tutto all'aria e non immischiarti, Cen. Pensa agli affari tuoi e non fare domande."

"Pensavo che fosse per questo che mi hai portata. Per immischiarmi." Avevo una quantità di domande che necessitavano di una risposta. In meno di ventiquattro ore eravamo state coinvolte in un incidente con il camper, in una sparatoria, avevamo scoperto un uomo morto e ora ci trovavamo in una stanza con tutti i Principali Ricercati d'America. "Se non mi dirai la verità, forse lo farà qualcun altro. Quel gentiluomo del tuo amico, per esempio. Il signor La Manna."

"Lascia Manny fuori da questa storia."

"Ma non vedo l'ora di conoscerlo. Ne ho sentito tanto parlare."

Gli occhi di zia Pearl si spalancarono per la sorpresa. Lanciò un'occhiata di fuoco a Mamma dall'altra parte della stanza e fece il gesto di un incantesimo.

La mamma alzò le spalle, anche se avrei giurato di vedere una traccia di sorriso sulle sue labbra.

"Prima o poi vi presenterò. Ora sono in modalità controllo danni, sto cercando di evitare che vada dietro a Rocco o all'impero Racatelli. Queste trattative per la fusione mi sfiniscono."

"Anche Manny è un boss criminale?" Il ruolo di zia Pearl come paciere mi sorprese. La diplomazia non era certo il suo lato forte e la parte dell'Harry Kissinger del mondo della mafia sembrava tanto pericolosa quanto perfettamente inutile. A parte la sua completa mancanza di tatto e capacità di persuasione, era davvero poco probabile che qualunque genere di tregua durasse più di qualche ora tra questi bravi ragazzi.

Zia Pearl annuì. "Con Carla e Bones fuori gioco, Manny non sta perdendo tempo per dargli il colpo di grazia. Vuole Rocco fuori dai piedi. È disposto a fare un'offerta generosa, ma il fatto che Rocco dica 'no' è fuori discussione."

"Non posso credere che tu sia in rapporti così personali con questa gente. Pensi sia stato Manny a uccidere Carla e Bones? Forse Rocco è il prossimo." Mi sembravo mia zia e la cosa mi fece inorridire.

"È per questo che dobbiamo agire velocemente."

"Non sembra proprio che il tuo flirt senza ritegno sia una recita. Sembra che tu ti stia divertendo."

"Ma cresci, Cendrine. Lo sto facendo con grande sacrificio personale. È ciò che è meglio per tutti noi."

Chiusi la mano sul suo braccio. "No, zia Pearl. Penso che dobbiamo farci gli affari nostri. Andiamo."

Con mia sorpresa, zia Pearl acconsentì. "Ok, va bene. Andiamocene da qui."

CAPITOLO 20

Osservai attentamente la folla del ricevimento alla ricerca di Rocco. Volevo salutarlo, ma senza che nessuno lo notasse. Se Rocco era in pericolo, non volevo essere associata a lui.

Ripensandoci, l'idea di voler passare inosservata era sciocca. Avevo già attirato l'attenzione di ogni anima viva sulla terra con il gesto teatrale del lasciar cadere la bara. Dato che la stavo portando, chiunque doveva aver pensato che ero vicina a Rocco e alla famiglia Racatelli.

Rocco mi vide e attraversò la stanza. "Ti sei ripresa dalla caduta?"

Arrossii. "Mi dispiace davvero per quello che è successo. Deve essere stato il caldo o qualcosa del genere. Probabilmente è meglio che torni in albergo e mi riposi un po'." Avevo una scusa perfetta per andarmene. A parte il calore di Las Vegas, il vestito di lana e i colleghi portatori da reparto geriatrico non mi avevano certo favorita.

"Non è colpa tua." I suoi intensi occhi azzurri si fissarono nei miei.

Feci un cenno verso il bar. "Carla aveva davvero tanti amici." Gli ospiti sembravano più in animo festoso che triste, ma ognuno a modo suo la piangeva. I mafiosi probabilmente piangevano i loro morti più spesso degli altri, quindi era comprensibile che fossero un po' stanchi.

"Amici?" Soffocò una risata. "Qualcosa più come avversamici...

vengono qui a celebrare la morte di Nonna e magari pensano a come prendersi una fetta degli affari. È un gioco ad alto rischio e spietato. La gente uccide per prendere parte al racket. L'assassino della nonna è senza dubbio uno di noi."

"Forse la polizia riaprirà l'indagine."

Rocco mi guardò confuso.

"Sai, con l'incidente della bara e tutto il resto. Sembra una strana coincidenza che sia Carla che Bones siano mancati così all'improvviso. Forse qualcuno li voleva entrambi morti."

Rocco sospirò. "Probabilmente la metà delle persone che sono qui. Uno o più di loro sa cosa è successo alla nonna nella piscina. Lei aveva paura dell'acqua e non vi si avvicinava mai. La teneva sempre asciutta. Hai visto quanto è piccola e bassa."

Mi rattristai. "No."

"Ma certo che l'hai vista, Cen. State nella sua suite."

"Cosa? Ah, sì, certo." Mi ricordai della piscina, shockata. Ero furiosa con zia Pearl per aver trascurato un particolare così importante. Non avrei mai immaginato che la nostra suite fosse in realtà il luogo dov'era morta Carla, senza contare la scena del crimine. "Forse dovremmo alloggiare da qualche altra parte."

"Non c'è bisogno. La polizia ha finito il lavoro nella suite e ha ripulito la scena. Quello è un posto davvero protetto. In un certo senso è meglio. Mi sento tranquillo sapendo che siete tutte al sicuro."

"Noi, ehm, siamo in pericolo?"

"No… no per niente. Ma a essere sincero, la vostra vicinanza a me può portare qualche rischio. Ho avvisato Pearl ma lei ha insistito che non era un problema."

Zia Pearl comunque aveva un altro genere di problema. Ero risentita per la sua reticenza e avevo intenzione di farglielo presente.

"Ma se la polizia pensa che sia annegata accidentalmente, cosa che non è, questo significa che c'è un assassino in libertà. Forse Bones è stato preso dalla stessa persona."

"Può essere, ma non lo sapremo mai."

La polizia poteva trovare una spiegazione razionale a un corpo in una piscina, ma uno in una bara che non è la sua e con un foro di pallottola in fronte era una storia diversa. "La polizia non può certo lasciar perdere…"

"La polizia è venduta e sul libro paga." Fece un gesto con la mano. "So cosa stai pensando. Bones Battilana era un bersaglio facile. La polizia troverà il modo di chiudere anche questo caso. Forse getteranno la colpa su un altro tizio morto. Qualcuno vuole una fetta del nostro ricco business e il denaro parla."

"Mi sembra un po' esagerato." A Westwick Corners non si era mai parlato degli affari della famiglia Racatelli, soprattutto perché avevamo la vaga sensazione che ci fossero di mezzo attività illegali e non volevamo esserne coinvolti. La nostra piccola città viveva sul motto "non chiedere, non raccontare" per questo genere di cose. Comunque, il riferimento diretto di Rocco agli affari della sua famiglia nel mondo della criminalità mi sorprese.

Rocco fece vagare lo sguardo verso l'area recintata dalla polizia all'esterno. "La cosa più semplice per la polizia sarebbe contaminare la scena del crimine. Forse è quello che stanno facendo ora, per eliminare ogni possibilità che il procuratore abbia prove a sufficienza per incriminare qualcuno."

"Un insabbiamento?" Non ero convinta che la polizia avrebbe di proposito incasinato l'indagine. Ma forse a Las Vegas le cose funzionavano in modo diverso. "Bones aveva una pallottola in fronte. Almeno su quello devono indagare."

Rocco annuì. "Lo faranno, ma sarà un lavoro maldestro. Oppure cercheranno di affibbiarlo a me."

"Ma quale movente avresti tu…" Conoscevo la risposta prima di aver finito la frase. Come nuovo marito di Carla, Bones si era messo sulla strada di Rocco per prendere in mano il business dei Racatelli. "Lascia stare."

"Perché mai Carla aveva una piscina se aveva una paura mortale dell'acqua?" Sobbalzai alla mia scelta infelice di parole non appena mi uscirono dalla bocca, ma Rocco sembrò non farci caso.

"La suite dell'attico aveva già la piscina quando abbiamo comprato l'albergo. Lei insisteva nel voler vivere lì. Non si può certo togliere una piscina dal cemento. Riempirla sarebbe stato di cattivo gusto, così la nonna la lasciava asciutta. Tranne, ovviamente, il giorno della sua morte. In quel giorno la piscina era piena. Per questo penso sia stata una messinscena." Rocco si fermò, con lo sguardo nel vuoto. "Almeno sono stato io a trovarla."

"Mi dispiace davvero, Rocco."

"La polizia può sostenere che sia stato un incidente, ma io so la verità. È stato un delitto di mafia."

Avevo così tante domande che non sapevo nemmeno da dove cominciare. Sul momento dimenticai che volevo andarmene. "Forse non è troppo tardi per richiedere un'autopsia. Considerate le circostanze..." Gettai uno sguardo all'esterno. "Certo la scoperta di Battilana richiede qualche indagine ulteriore e la tomba deve ancora essere coperta."

Rocco alzò le spalle con il palmo delle mani rivolto verso l'alto. "Anche se lo facessero, probabilmente non rilascerebbero i risultati. Cercano di temporeggiare. Penso di sapere anche perché."

"Dobbiamo ottenere il risultato dell'autopsia, Rocco." Nonostante i miei progetti di farmi gli affari miei volevo anche ottenere giustizia.

CAPITOLO 21

Nonostante le mie buone intenzioni, restai al rinfresco del funerale. Mi trovavo in un angolo della stanza con Rocco. Non potevo farci niente: mi sentivo nuovamente attratta da lui. Forse zia Pearl aveva rinnovato l'incantesimo. Ma non era solo la seduzione fisica che mi portava verso di lui. Mi sentivo veramente triste per la sua situazione.

Quando gli ospiti ebbero porto il loro saluto, le cose cominciarono a diventare un po' più interessanti. In pratica, quasi tutti si stavano ubriacando al bar.

Zia Pearl e la mamma sembravano non preoccuparsene. Barcollavano entrambe per il troppo vino bevuto.

"Vedi quel tizio là?" Rocco indicò il toy boy di zia Pearl. Aveva lasciato il bancone del bar ed era vicino al tavolo da buffet che si caricava il piatto con la seconda dose di dessert. "Quello è Manny 'L'uomo' La Manna. Sta cercando di liberarsi dei concorrenti per entrare nei nostri affari."

La Manna non sembrava molto abile nel muoversi, nemmeno al tavolo da buffet. Era poco più alto di un metro e mezzo e la sua presenza fisica non avrebbe certo intimidito qualcuno, figuriamoci infilarsi nel territorio di qualcun altro. Ma supposi che fossero altri a fare il lavoro sporco al suo posto.

"È lui?" Annuii, non volevo fargli capire che sapevo già chi fosse. Lo guardai mentre si leccava le dita e poi si puliva le mani sul vestito gessato. Non riuscivo a capire cosa ci trovasse in lui zia Pearl. A parte l'occupazione dubbia, gli mancava anche la buona educazione, qualcosa cui zia Pearl, stranamente, teneva in modo particolare. Il suo coinvolgimento con un capo mafioso mi inquietava. "Tu pensi che possa essere coinvolto?"

"Non ho dubbi."

"Perché questi soprannomi così strani?"

Restammo entrambi a guardare Manny che tornava al bancone del bar con un piatto colmo di tiramisù.

"Tutti hanno un soprannome. È per sicurezza, nel caso in cui ci sia qualcuno che origlia o la polizia che sorveglia."

Questo confermava decisamente le loro attività criminali che, essendo a Vegas, probabilmente riguardavano qualcosa come incontri truccati, gioco illegale o riciclaggio. Mi sembrò poco sensibile insistere per avere ulteriori dettagli da Rocco in quel momento, così invece chiesi di cosa si occupava La Manna. Dovevano essere nello stesso settore, considerati i progetti di Manny di acquisire le attività di Rocco. "Qual è il suo giro?"

"Strozzinaggio, estorsione, riciclaggio, dinne una. Praticamente tutto quello che succede qui, dietro le quinte."

Tornai a concentrarmi su Manny, che era rimasto accanto al bancone. Aveva attaccato il suo tiramisù con una tale ingordigia che mi sarei aspettata che alla fine avrebbe leccato il piatto.

L'uomo alle spalle di Manny all'improvviso attirò la mia attenzione.

"Conosco quell'uomo." Indicai Christophe, accanto al gomito di Manny. "Mi sorprende vedere il nostro maggiordomo al funerale. Ma suppongo che abbia un senso. Dopo tutto, era il maggiordomo di Carla."

"Maggiordomo?" Rocco si accigliò. "La nonna non ha mai avuto un maggiordomo."

"È compreso nella suite. Almeno è quello che ci ha raccontato lui."

Rocco mi fissò con lo sguardo vuoto. "Crisco non ha niente da fare nella suite. E, sicuro come l'oro, non è un maggiordomo."

"Crisco? Ma che razza di nome è?"

"Meglio che tu non lo sappia. Crisco lavora per Manny. Fa tutto quello che nessun altro oserebbe fare." Rocco si strofinò il mento con aria pensosa. "Forse non è così male. Dopo tutto se è nella suite potrete tenerlo d'occhio."

Manny sembrava avere i suoi tentacoli dovunque e apparentemente era arrivato fino alla mia famiglia. Mi vennero i brividi, nonostante la stanza affollata fosse calda.

Il cuore mi batté più forte. Qualunque motivo avesse Christophe di essere nella nostra suite non aveva niente a che fare con tartine o cocktail. Voleva qualcosa da noi. "No. Dobbiamo andarcene di qui. Devo avvisare Mamma e zia Pearl."

La mano di Rocco si chiuse a tenaglia sul mio braccio. "Non puoi farlo. Lo faresti scoprire. E comunque, non cerca voi. È a me che punta. Pensa che ritornerò alla suite."

"Ma se lui..."

"Non gli potrebbe importare di meno di te e della tua famiglia, Cen. Senza offesa, ma probabilmente sta preparando una trappola per me. Lasciami solo un po' di tempo prima di fare qualcosa. Dovete restare lì. Altrimenti, si insospettirà. Tienilo d'occhio finché ho ideato un piano. Non posso lasciare che arrivi a me."

"Ma questo non ha senso. Lui è proprio qui al funerale. Potrebbe colpirti ora, se volesse."

Rocco mi condusse fuori nel corridoio. "Nessuno mi colpirà qui, davanti agli occhi di tutti, al funerale. Troppi testimoni. A parte che è un funerale. Ci sono alcuni confini che nemmeno i bravi ragazzi superano."

Il discorso di Rocco non mi convinse. Qualunque mafioso con un minimo di dignità avrebbe tenuto la bocca chiusa. Se un omicidio di mafia non era una buona occasione per l'omertà, allora non sapevo cosa lo fosse.

Dentro di me cresceva la rabbia. "Come hai potuto lasciarci stare nella suite senza dirci niente."

"Pearl sapeva già qual era il piano e Crisco non è questa gran cosa. Voi ragazze tenete gli occhi su di lui mentre io mi concentro su Manny."

"Non ne sono così sicura. Christophe potrebbe già avere un vantaggio su di noi." Ritornai con la mente al vino forte di Christophe, un modo eccellente per neutralizzare una strega o anche tre. Ma come era riuscito a entrare nella suite, per cominciare? Quanto tempo prima? Forse Christophe aveva ucciso Carla.

Christophe avrebbe potuto avere noi nel mirino, ma anche noi potevamo metterlo all'angolo.

"Cercate solo di stare attente," disse Rocco. "Ma, davvero, ho bisogno di tutto l'aiuto che potete darmi. Il piano di Manny è abbastanza chiaro. Prima la nonna, poi Bones Battilana. Questo significa che io sono il prossimo della lista. Una volta che ci avrà eliminati, tutta Las Vegas sarà a sua disposizione."

Era un po' complicato, ma Rocco sembrava sapere di cosa stava parlando.

Tornai a concentrarmi su Christophe, ma lui non sorrideva più nella mia direzione. Il sorriso si era trasformato in un ghigno diretto a Rocco. Christophe piegò la testa e si rivolse a Manny, che ricambiò lo sguardo. Manny fece un cenno a un uomo corpulento che li aveva raggiunti e quest'ultimo mimò il taglio attraverso la gola.

I tre uomini risero.

Avevo la sensazione che non mi sarei goduta nessun altro cocktail killer di Christophe per tanto tempo.

Uscii dall'ascensore dietro a Mamma e zia Pearl. Mi fermai nell'ingresso di marmo. Avevo bisogno di un momento per raccogliere i pensieri. Invece, mi trovai di fronte alla coppia dell'epoca di Al Capone nel quadro a olio.

Sembravano fissare proprio me. In quel momento mi resi conto che dovevano essere i genitori di Carla o di Tommy. Gli occhi azzurro intenso della donna erano proprio come quelli di Rocco e l'uomo avrebbe potuto essere il gemello di Rocco, vestito anni '30.

La nostra suite sembrava più una prigione che un rifugio, ma era troppo tardi per tornare indietro. Che mi piacesse o no, ci eravamo impegnate ad aiutare Rocco.

Rilassai le spalle mentre perlustravo l'appartamento. Christophe non si vedeva da nessuna parte, ma mi aspettavo che sarebbe arrivato da un momento all'altro.

Mi vennero i brividi alla schiena. Dovevamo scoprire per quale motivo Christophe ci ronzava intorno. I miei nervi vacillarono al pensiero di doverlo affrontare. Non era quello che voleva Rocco, ma io avevo bisogno di sapere cosa stava succedendo e chiederglielo sembrava l'unica possibilità. Avevamo bisogno di un piano e dovevamo agire rapidamente.

Zia Pearl si lasciò cadere sul divano, stanca ma apparentemente rilassata e senza pensieri. La mamma inciampò dirigendosi verso la porta del patio, ridacchiando per aver bevuto un paio di drink di troppo al rinfresco del funerale.

L'aria condizionata della suite mi rinfrescò, ma non ebbe effetto sui miei nervi provati. Mi diressi subito di sopra, dove mi liberai dello scomodo vestito di lana mettendomi pantaloncini e maglietta. Sollevai la valigia, la appoggiai sul letto e sistemai le mie cose. Volevo essere pronta a partire al momento giusto. Forse Christophe non sarebbe più tornato, ma era meglio non contarci troppo. Manny voleva liberarsi di Rocco e qualunque confidente di Rocco era probabilmente un bersaglio facile. Avremmo potuto essere usate anche come merce di scambio, o peggio. Avevo cercato di convincere Mamma e zia Pearl di questo fatto mentre tornavamo in albergo, ma avevano respinto le mie idee come ridicole.

Con o senza Mamma e zia Pearl, ero decisa a tornare a casa. Per quanto mi riguardava, Rocco era da solo. Solo lui poteva districarsi dalla vita criminosa che si era scelto. Io avevo seri dubbi sull'opportunità di lasciare Mamma e zia Pearl in mezzo a una guerra mafiosa per il territorio, ma non ero in grado di fermarle.

Ritornai con la mente a Rocco e a quello che aveva detto di sua nonna e della causa della sua morte. Si supponeva che Carla fosse annegata, ma era stata trovata in piscina con il volto verso l'alto. Quello stesso dettaglio mi aveva impensierita anche prima, ma solo ora mi resi conto del perché.

Le vittime di annegamento normalmente hanno la faccia verso il basso. Quando si affoga, si è necessariamente immersi nell'acqua o si ha testa rivolta in basso. Un corpo tende a galleggiare nella stessa posizione in cui muore, se non viene toccato. I morti non si spostano a meno di non essere mossi dalla corrente o da qualcos'altro.

O da qualcun altro.

Questo confermava l'affermazione di Rocco. E mi dava anche motivo di preoccupazione, dato che l'unica persona che accedeva senza autorizzazione alla suite di Carla poteva tornare da un momento all'altro.

Schiacciai la valigia per chiuderla e mi diressi alle scale. "Zia Pearl!"

"Cosa c'è ora?"

"Se ti rifiuti di andartene, dobbiamo almeno liberarci di Christophe. Non può restare con noi." Mi ricordai di quello che aveva detto Rocco. Ora che la recita del maggiordomo era stata scoperta, mi aspettavo qualcosa di molto più sinistro di cocktail elaborati.

Zia Pearl rise. "Non essere ridicola. Chris è innocuo. Fa qualunque cosa Manny gli dice di fare."

Alzai le mani per portare la mia obiezione. "È proprio questo il problema. Christophe lavora per Manny e Manny vuole uccidere Rocco." Non riuscivo a costringermi a chiamarlo Crisco. Era troppo inquietante.

"... e Manny fa tutto quello che voglio io." Zia Pearl sistemò una ciocca di capelli grigi dietro l'orecchio e mi strizzò l'occhio.

"Perché hai una storia romantica con un mafioso?" Alzai in aria le mani. "Questa è una cosa seria, zia Pearl. Siamo nel mezzo di una guerra per il territorio e resteremo ferite. Potresti anche farci uccidere."

"Ma certo che è una cosa seria. Siamo qui per un motivo, Cen. Trovare e far mettere sotto chiave il vero assassino."

Mossi la testa in direzione del patio, dove Mamma era seduta vicino alla piscina, con i piedi nell'acqua. Proprio nella stessa piscina in cui Carla aveva incontrato la sua fine. Rabbrividii.

"Sta bene." Zia Pearl alzò un dito. "Solo un secondo."

La seguii in cucina. "Solo perché la polizia non fa il suo lavoro non vuol dire che dobbiamo farlo noi. Potremmo restare uccise. E questo non riporterebbe indietro Carla."

"Noi daremo solo l'avvio. Sarà come una spintarella ai poliziotti." Prese due bicchieri dalla credenza e schioccò le dita. Una brocca di margarita ghiacciato si solidificò lentamente davanti a noi.

Tutto questo consumo di alcol avrebbe potuto essere dannoso. Intorpidiva i nostri sensi, ma anche i poteri soprannaturali.

Zia Pearl versò due bicchieri e ne spinse uno davanti a me. "I poliziotti sono tutti uguali."

Ignorai sia il bicchiere che la sua evidente allusione a Tyler. Ero l'unica ad avere un po' di buon senso e non potevo permettermi di offuscarlo con altro alcol. "Non siamo all'altezza del crimine organizzato."

"Se mai, definirei l'operazione di Rocco crimine 'disorganizzato'. Chiunque sia il colpevole, deve pagare, non c'è dubbio. Nemmeno Jimmy Hoffa aveva mai dovuto condividere una bara."

Gli occhi di zia Pearl si inumidirono mentre portava il bicchiere alle labbra. Lo trangugiò in un sorso e fece picchiare il bicchiere sul bancone. "Da dove devo partire?"

Le feci segno di seguirmi e tornammo in soggiorno. Diedi un'occhiata fuori dove la mamma era ancora seduta sul bordo della piscina. Sembrava soddisfatta e rilassata, non con il cuore spezzato. Anche se, a posteriori, nei giorni precedenti si era comportata in modo un po' strano. "Dimmi, presto, prima che la mamma torni dentro."

Le storie di Mamma e di zia Pearl non coincidevano, quindi una o entrambe non mi stavano dicendo la verità.

Zia Pearl alzò gli occhi al cielo. "Come ti ho detto prima, Bones ha trovato di certo la strada per il cuore di Carla. Le ha fatto perdere completamente la testa e l'ha sposata, tutto nell'arco di circa tre settimane."

Scossi la testa. "La mamma scoprirà tutto. Sarà sui giornali."

"Sì, il matrimonio segreto di Carla diventerà pubblico. Come anche il fatto che tutte le proprietà di Carla Racatelli erano in comunione dei beni."

"Bones ha ereditato al posto di Rocco?" Mi mancò il fiato. "Vuoi dire che ha mantenuto il casinò a nome suo invece che intestarlo a una società? Come ha potuto essere così…?"

"Stupida? Non so, Cen. L'amore qualche volta fa agire tutti in modo stupido. Quel Danny era davvero affascinante. Non puoi capire l'effetto che ha sulle donne finché non lo conosci di persona. Ovviamente ormai è troppo tardi." Infilò la mano nella borsetta e ne estrasse una foto. "Questi tipi non amano essere fotografati, ma io sono riuscita ad averne una tutti insieme, a un doppio appuntamento. Questa era pochi mesi prima che Danny lasciasse Ruby per Carla."

Le strappai la foto di mano. La mamma e zia Pearl erano a un varietà a Las Vegas. Sedevano a un tavolo in prima fila con due uomini. Uno era Manny La Manna e l'altro Danny Bones Battilana, senza foro di pallottola in fronte.

Manny era seduto di fianco a zia Pearl, vestito in modo sportivo, mentre Bones era impeccabile con la camicia bianca di lino e un blazer. Sorrideva con calore alla macchina fotografica, il braccio attorno alle spalle di Mamma. Lei si appoggiava a lui, splendente d'amore e felicità.

Il mio cuore accelerò. Nonostante la negazione di Mamma, sembrava che lei e Bones avessero, per lo meno, una relazione romantica. E sembravano entrambi felici. E invece dopo mesi, Bones sembrava aver sposato Carla. Dopo tutto avevo bisogno di quel margarita. Sollevai il bicchiere e bevvi un sorso.

"Cosa ha fatto Rocco quando Bones ha cominciato a uscire con sua nonna?"

"Non ne era felice. Aveva cercato di avvisare Carla. Lei non voleva ascoltare, pensava che Rocco fosse arrabbiato perché usciva con qualcuno."

"Rocco aveva un movente per uccidere Bones," dissi. "Voleva il controllo."

Zia Pearl annuì. "Rocco ha resistito e questo è quello che ha fatto scattare la sparatoria nella reception. Bones voleva spaventare gli impiegati dell'Hotel Babylon e sostituirli con i suoi uomini. Poi avrebbe avuto il controllo di tutto."

"Pare che non abbia funzionato molto bene per Bones. Solo che Bones non era in reception questa mattina. Era già morto." Mi accigliai. "Se era già morto, perché la sparatoria?"

Zia Pearl alzò le spalle. "I suoi ragazzi seguivano semplicemente le sue istruzioni."

Ripensai al cadavere. "Devono essere state istruzioni vecchie, perché Bones sembrava morto già da un po' di tempo." La mano mi volò alla bocca. "Rocco potrebbe aver ucciso Bones. Aveva un movente."

"Vero."

"Non sembri per niente preoccupata."

"Sono più preoccupata di sapere chi sia morto prima, Bones o Carla," disse zia Pearl. "Se Bones è stato ucciso per vendicare Carla, allora Rocco ha un problema. Significherebbe che Bones è sopravvissuto a Carla. Sarebbe diventato lui l'erede di Carla, non Rocco. Ma sono sicura che tu proverai il contrario."

"Io?"

"Tu sei brava in queste cose di indagini e hai un aggancio con la polizia. Ci tirerai tutti fuori dai guai in men che non si dica."

Era la prima e unica volta che zia Pearl aveva tirato fuori lo sceriffo Tyler Gates, e non ero sicura del perché. Lui lavorava a Westwick Corners, non a Las Vegas, quindi non capivo come potesse entrare in questa storia.

"No. Zia Pearl. Dobbiamo davvero andarcene da qui." Abbassai la voce a un sussurro. "Cosa facciamo con Christophe? Quel tizio mi fa paura."

"Non essere sciocca. Christophe è troppo impegnato a preparare cocktail e stuzzichini per pianificare omicidi. Potrebbe davvero dare a Ruby del filo da torcere sul lato dell'ospitalità, comunque."

Immaginai Christophe a fare il barman per noi a Westwick Corners, poi con la stessa rapidità lo scacciai dalla mente. "È una cosa ridicola. Non mi piace che tu fraternizzi con i mafiosi. È pericoloso."

"Stai esagerando. Crisc… voglio dire, Christophe, è qui per proteggerci, Cen. Manny lo ha mandato perché si prenda cura di noi."

"Ne sei certa? Questa suite è estremamente sicura e scommetto che Rocco…"

"Rocco non sa cosa sta facendo in questo momento. È troppo preso da altre cose. Comunque non ho detto di aver creduto a Manny. Sto solo dandogli retta per non far saltare la mia copertura."

"Cosa? Saresti qualche genere di agente segreto?"

"Recuperi rapidamente, Cen." Zia Pearl alzò gli occhi al cielo. "Ci teniamo gli amici vicini e i nemici ancora più vicini."

CAPITOLO 23

ia Pearl tenne lo sguardo fisso nel vuoto. "Ruby non avrebbe mai voluto che tu scoprissi qualcosa su Danny, ma io non ho nessun altro con cui confidarmi." Zia Pearl sistemò le gambe e scivolò abbastanza vicina perché potessi sentire l'odore di alcol del suo alito. "Dobbiamo dire a Ruby la verità sul suo fidanzato. Le farà male ma forse coglierà il lato positivo del fatto che Bones usciva con Carla di nascosto, ma solo per appropriarsi del casinò, da utilizzare per riciclare denaro."

"Non vedo come la sua ulteriore motivazione del riciclo di denaro potrebbe farla sentire meglio." Tornai con la mente al ricevimento del funerale. Scoprire che il tuo fidanzato ha sposato un'altra rovinerebbe la giornata a chiunque. "La mamma sarà ancora sconvolta. Perché dobbiamo dirle qualcosa? Lui ormai è morto, certi fatti non hanno più molta importanza."

"Certo che hanno importanza," scattò zia Pearl. "Ora torniamo a Carla. Ha impedito a Danny di riciclare il suo denaro."

"E posso capire perché," dissi. "Carla aveva già il suo denaro da riciclare. Esagerare avrebbe potuto farla scoprire." Grande. Ora stavo anche pensando come un criminale. "Bones è stato bravo a sposare

Carla. Come moglie, lei non avrebbe mai dovuto testimoniare contro di lui in tribunale."

"Guarda dove l'ha portato questa strategia. Ora è morto." Zia Pearl tirò su con il naso. "Bones non è davvero il marito di Carla. Non lo è mai stato."

"Ma il matrimonio a Las Vegas…"

"Una messinscena. Carla è… voglio dire, era… una tipa sveglia." Gli occhi di zia Pearl si inumidirono e le si spezzò la voce. "Sapeva esattamente cosa aveva in mente Bones. Per questo ha avuto l'idea di un matrimonio finto. Bones avrebbe pensato che erano sposati e Carla avrebbe guadagnato un po' di tempo. Voleva evitare una guerra per il territorio a tutto campo."

"Ha funzionato bene."

"Ha lasciato che Danny le offrisse lauti pasti, sapendo tutto il tempo che lui voleva prendere il suo posto negli affari. Poi lei ha inscenato il finto matrimonio, completo di testimoni e falsi documenti. Solo che lui pensava che fosse tutto vero. Era sembrata una buona idea," disse zia Pearl. "Ma forse era troppo poco, troppo tardi."

"Bones… voglio dire, Danny… deve averlo scoperto e l'ha fatta fuori."

Zia Pearl tirò su con il naso. "Chi lo sa? Non abbiamo ancora nessuna prova solida che incrimini qualcuno. Bones aveva un movente, ma la sua morte gli fornisce un alibi di ferro."

"Dipende dai tempi," Era vero che il cadavere di Bones era in forma molto peggiore di quello di Carla, ma forse c'era un motivo. "Il corpo di Carla è stato imbalsamato, ma immagino che Bones non abbia avuto lo stesso trattamento: è stato semplicemente gettato sul fondo della bara di Carla."

"Quindi?"

"Lui sembra essere morto prima, ma solo perché non ha avuto il trattamento post-mortem, trucco e tutto quello che fanno ai cadaveri gli impresari di pompe funebri." Guardai verso l'esterno, preoccupata perché la mamma era sparita dalla nostra vista. Feci un respiro profondo, pensando che probabilmente stavo esagerando. Il patio circondava la suite su tre lati, lei era probabilmente in un punto non visibile e si stava godendo il panorama.

Mi girai di nuovo verso zia Pearl. "Vorrei che facessero un'autopsia a Carla. L'annegamento non è plausibile."

"Questo si può fare facilmente. Ogni tuo desiderio è un ordine per me." Zia Pearl mosse una mano in aria e guardò verso il soffitto. "Vedo che finalmente sei dei nostri, Cen. Meglio tardi che mai."

Un fascio di documenti cadde da sopra e mi atterrò in grembo. Li misi in ordine. "Li hai creati tu?"

"Non essere ridicola. Non lo avrei mai fatto…"

"Ma il medico legale non ha…"

"Lo ha fatto. L'autopsia è stata tenuta nascosta, come tutto il resto."

Alzai il rapporto dell'autopsia. "Dove l'hai preso?"

Zia Pearl alzò gli occhi al cielo. "Non importa. Leggilo mentre io faccio qualche indagine al casinò."

"Senza giocare, zia Pearl. Sai che effetto ti fa." L'impulsività di zia Pearl e il suo problema con il gioco erano una combinazione letale. Anche se il suo biglietto vincente della lotteria era vero, aveva probabilmente speso una piccola fortuna per averlo. Le streghe potevano creare praticamente qualunque cosa, tranne la moneta sonante. Un biglietto vincente della lotteria comunque assomigliava molto ai soldi. Crearne uno era una specie di falsificazione soprannaturale. Era una violazione abbastanza seria per ottenere la messa al bando dal WICCA a vita.

Mia zia infrangeva le regole ogni tanto, ma non avrebbe mai messo a rischio il suo essere una strega, per nessun motivo. D'altra parte, i giocatori compulsivi devono soddisfare la loro dipendenza, così poteva anche essere qualcosa al di là del suo controllo.

Zia Pearl alzò le spalle. "Lascia stare. Posso prendere o lasciare. Ma non dimenticare: ho vinto la lotteria. Posso permettermi di giocare, se mi va."

Stavo per chiedere a zia Pearl per la millesima volta quanto aveva vinto quando la mamma gridò.

"Aiuto!"

Corremmo entrambe fuori e la trovammo immersa nella piscina

fino alla vita. I capelli erano inzuppati e il mascara le colava lungo le guance. Doveva essere caduta in acqua.

"Come hai…?" Allungai la mano verso di lei.

"Non so. Forse mi sono appisolata, immagino. Mi ricordo solo di essermi trovata a faccia in giù nell'acqua." Le parole della mamma uscivano confuse e batteva i denti nonostante il caldo.

La portammo via dalla piscina e zia Pearl afferrò un asciugamano per avvolgerlo attorno alle sue spalle.

La mamma si piegò da un lato. "Ahi! Penso di essermi slogata la caviglia nel cadere."

L'incidente in piscina era l'ennesima prova che la mamma non era la solita persona attenta, anche se non riuscivo a ricordare che avesse bevuto più di un paio di bicchieri al funerale. Di certo non tanti da appisolarsi, anche se barcollava un po'. Qualunque cosa fosse, non era proprio da lei.

Rabbrividii al pensiero del rischio corso. Un incidente in piscina era sufficiente. Se era davvero quello che era successo.

Zia Pearl e io prendemmo ognuna un braccio della mamma e la accompagnammo al divano, dove si addormentò subito. Almeno stava respirando normalmente. Le misi un cuscino sotto la testa e la coprii.

Tornai a concentrarmi sui risultati dell'autopsia di Carla. Era una lettura arida, soprattutto perché la maggior parte dei termini medici non mi erano familiari. Una cosa era chiara, comunque. La vera causa della morte di Carla non era l'annegamento.

Secondo il rapporto, i polmoni di Carla non contenevano acqua e questo significava che era già morta quando era entrata in piscina. Continuai a scorrere il documento fino ad arrivare al punto in cui veniva indicata la causa della morte. Il medico legale aveva stabilito che era morta di morte violenta, strangolamento.

Alzai lo sguardo verso zia Pearl che si stava infilando le scarpe, pronta per andare al casinò. "Aspetta. Hai letto questo?"

"Come potrei averlo letto? Ce l'hai avuto tu per tutto il tempo." Tornò verso il divano e si appollaiò sul bracciolo vicino a me. "Perché?"

"Guarda qui." Indicai la sezione dove si trovava la causa della morte. "Carla è stata strangolata. L'incidente in piscina è stato inscenato, per far sembrare che fosse affogata."

"Ti ho già detto che era una copertura. Non è stato un indicente."

"So che lo hai fatto, zia Pearl, ma ho supposto che i risultati dell'autopsia comunque concludessero che si era trattato di incidente." Alzai i documenti. "Questo prova che era un insabbiamento, ma solo da parte della polizia, non del medico legale. Come e perché la polizia dovrebbe tenerlo nascosto?" Mi girai verso zia Pearl tenendo la voce bassa in modo da non svegliare la mamma.

"Sono stati comprati."

"Potrebbe essere, ma perché il medico legale non ha parlato?"

Zia Pearl alzò le spalle. "È stata comprata anche lei."

Scossi la testa. "No. Se fosse così, il rapporto dell'autopsia avrebbe concluso che la morte era stata per incidente. Sarà meglio che l'andiamo a trovare."

Gli occhi di zia Pearl si spalancarono. "Anche lei è in pericolo."

Annuii e controllai l'orologio. Erano già passate le sette di sera. "Non è l'ora giusta, suppongo che dovremo aspettare fino a domani."

"Nel frattempo, sarà meglio che proteggiamo Rocco," disse zia Pearl. "Gli metterò intorno uno scudo magico protettivo per le prossime ventiquattro ore. Solo un'altra strega potrebbe romperlo."

Zia Pearl era ostinata e inarrestabile quando aveva uno scopo e quella sera non faceva differenza.

"Rocco non ha bisogno di essere protetto, zia Pearl. Fermati e pensaci. La gente muore come mosche, ma lui ne esce illeso. Perché?" Ora che l'incantesimo di attrazione della zia si era annullato del tutto, potevo pensare in modo più chiaro. O zia Pearl gli aveva messo intorno uno scudo di Teflon o lui in qualche modo era coinvolto.

"È stato fortunato, finora, immagino." Zia Pearl evitò il mio sguardo. "Ma la fortuna non ti porta molto lontano."

"Non è fortuna. Probabilmente è coinvolto, almeno nella morte di Bones."

"Come puoi accusare il povero Rocco? È solo un'altra vittima di tutto questo." Scosse la testa delusa.

"Non sei obiettiva, zia Pearl. Ti stai lasciando prendere dall'emozione."

Zia Pearl si alzò davanti a me. "Devo mantenere la mia promessa, Cen. È stato il desiderio di Carla morente che io avessi cura di Rocco."

Scossi la testa ripensando a Rocco e alle sue guardie del corpo armate. "Rocco non ha bisogno di te. È abbastanza grande per difendersi da solo. Aspetta un momento. Tu sei la sua..."

"Madrina." Zia Pearl finì la mia frase. "Quando avremo risolto il mistero e messo in prigione l'assassino, dobbiamo rimettere in carreggiata Rocco. Avrà bisogno del mio consiglio nel suo ruolo di capo della famiglia Racatelli."

Sperai seriamente che avesse inteso fata madrina e non madrina nel senso mafioso. Zia Pearl come 'don', o 'donna', era un pensiero decisamente inquietante.

"Il sindacato del crimine Racatelli non è un'azienda come le altre, zia Pearl. Dubito che Carla volesse che tu lo guidassi in quel senso." Mi rendeva triste pensare che c'era voluta la morte di Carla per parlare apertamente degli affari di quella famiglia. "Sono persone pericolose quelle con cui ti stai immischiando."

"Non pericolose come una strega che si vuole vendicare. Qui entri in gioco tu." Zia Pearl si strofinò i palmi delle mani. "Tu tieni impegnato Rocco mentre io preparo la magia."

Alzai le mani per protestare. "Oh, no. Non mi lascerò coinvolgere in niente del genere. Tu prendi questa storia della madrina troppo seriamente."

Zia Pearl si erse minacciosa di fronte a me, con le mani sui fianchi. "Non sono una madrina in senso tradizionale, Cendrine. Carla mi ha assegnato l'incarico alla morte dei genitori di Rocco, quando lui era ancora adolescente. Sapeva che non sarebbe vissuta per sempre. Rocco, come suo successore negli affari, doveva essere pronto. Lei ha pensato che fossi la donna giusta per questo lavoro."

"Nemmeno tu sei poi così giovane," sottolineai. Zia Pearl era comunque sulla settantina, solo di un paio d'anni più giovane di Carla. La storia sulla pianificata successione suonava come estremamente esagerata o una vera bugia.

Comunque, non riuscivo a pensare a nessun altro più focalizzato della zia, quindi quella era una scelta che aveva senso. Ma cosa poteva sapere degli ingranaggi interni di un'associazione criminale? Niente, per quello che ne sapevo io. "Penso che tu stia cercando di leggere troppo tra le righe. Se tu sei la sua madrina, tecnicamente non dovresti essere il capo delle imprese Racatelli?"

Zia Pearl annuì. "È per questo che siamo venute a Vegas. Dobbiamo assicurarci del successo di Rocco."

"Ma perché io? Non ho poteri molto forti." E l'ultima cosa che volevo era aiutare un criminale a rafforzare il suo potere. Amico d'infanzia o no, non importava.

"Esattamente."

Aspettai che zia Pearl aggiungesse qualcos'altro o almeno che facesse una ramanzina sul fatto che dovevo applicarmi di più ma non lo fece. "Non poteri magici. Ma i tuoi poteri di attrazione sono molto forti."

"Poteri di attrazione… oh, no. Non mi metterai insieme a Rocco." Usarmi come esca era quanto meno offensivo, per essere gentili. Poi tornai con il pensiero all'incontro in reception. Quel petto muscoloso e gli occhi azzurri penetranti…

Accidenti. Che diavolo c'era di sbagliato in me? Desideravo Tyler, non Rocco. Ne ero sicura. E comunque la mia attrazione magnetica verso Rocco sembrava far impazzire le mie emozioni.

"Tu sei esattamente il tipo di distrazione di cui Rocco ora ha bisogno. Sarai anche vicina per la sua sicurezza. Puoi proteggerlo in caso qualcosa vada male."

"Come cosa?" Mi sentivo sempre più a disagio.

"Non so, Cen." Zia Pearl fece una pausa e scelse attentamente le parole.

"Ricorda che solo una strega può rompere lo schermo protettivo che ho messo intorno a Rocco. Tu non sei la migliore strega… nemmeno per sogno… ma almeno puoi entrare in azione se necessario."

"Aspetta… che genere di azione?"

"Non c'è tempo di entrare nei dettagli. Lo saprai se ci sarà bisogno."

"Forse mi rifiuterò."

"Non puoi. Qual che è fatto, è fatto, Cen. Non puoi evitarlo. Fidati di me per questo."

"Mi hai fatto un altro incantesimo!" Di nuovo provai una strana attrazione verso il mio compagno d'infanzia. Se solo avessi fatto esercizio con la magia; allora sarei stata in grado di neutralizzare quella di zia Pearl. Mi aveva usata per i suoi fini e aveva fatto in modo di darmi una lezione allo stesso tempo. Tutto perché rifiutavo di esercitarmi nella magia, cosa che mi lasciava indifesa di fronte alla mia potente zia.

Dovevo diventare una strega migliore, se non altro per evitare di essere manipolata da zia Pearl. Mi aveva imbrogliata di nuovo. La fulminai con lo sguardo. "Togli subito l'incantesimo."

"No, signorina. Non finché non abbiamo preso l'assassino di Carla e ci siamo assicurate che l'impero dei Racatelli resti in mano a Rocco."

"Sono sicura che Rocco preferirebbe che tu non interferissi." Nemmeno io lo volevo. Le cose potevano peggiorare molto rapidamente.

"Non importa. Ci sono ehm… questioni d'affari di cui Rocco non è ancora a conoscenza. Anche questioni personali." L'espressione di zia Pearl era vuota. "Carla aveva qualche problema sul lato delle relazioni."

"Quei problemi sono scomparsi con la sua morte."

"Tu penserai di sì, ma…"

"Ma cosa?"

"Carla aveva una relazione sentimentale con qualcun altro. In un momento di passione, potrebbe aver fatto qualcosa di cui poi si è pentita."

"Un altro uomo oltre a Bones? Ma quando trovava il tempo per tutto?" Carla nello stesso tempo conduceva un business criminale multimilionario, teneva a bada i mafiosi e manipolava diversi uomini. Io facevo un decimo ed ero di circa cinquant'anni più giovane. In confronto a lei ero una fallita. D'altra parte, ero ancora viva.

"In qualche modo ce la faceva."

"Chi era l'altro... un altro boss criminale?" Stavo un po' scherzando.

"Mm-hmmm. Manny," disse zia Pearl.

"Il tuo Manny?"

Zia Pearl annuì. "Lei e Manny avevano fatto il grande passo e questa volta il matrimonio era reale."

"Ma tu e Manny..."

"Tutta una recita. Sapevo che Manny aveva sposato Carla in segreto, ma lui non sapeva che io sapevo. Ancora non lo sa."

"Non sei gelosa?"

Zia Pearl alzò le spalle. "Veramente no. Volevo solo un appuntamento. Nessun impegno incasinato."

Mi coprii le orecchie perché non volevo sentire altri dettagli. Mi venivano in mente immagini che non desideravo vedere. "Perché Carla era così desiderosa di risposarsi? È rimasta single per decenni."

"Tu pensi che voi ragazzi siete gli unici ad apprezzare un po' di sentimento? Carla era matura, ok, ma non era troppo vecchia per godersela un po' di tanto in tanto." Zia Pearl sospirò. "Questo è il vero problema. È stata presa in un vortice di passione e si è dimenticata dell'accordo prematrimoniale. Quindi alla sua morte va tutto a Manny La Manna. Compreso questo albergo."

Il toy boy mafioso di Carla all'improvviso era parecchio più ricco. "Allora potrebbe averla uccisa Manny."

"Forse. A dire il vero non so cosa pensare," disse. "Penso che ne sarebbe capace, comunque. Lei valeva probabilmente circa cinquanta milioni. E poi ci sono tutte le proprietà dei Racatelli, le controllate..." Gli occhi di zia Pearl si riempirono di lacrime. "Carla sarebbe mortificata da tutti questi litigi."

"Chiamiamo la polizia e lasciamo che se ne occupino loro. Raccontiamo dei tuoi sospetti."

Zia Pearl scosse la testa con enfasi. "Assolutamente no. Non possiamo coinvolgere la polizia perché Carla ha in corso diverse attività illegali. Non possiamo nemmeno dirlo a Ruby. Lei disapprova il mondo losco in cui operano i Racatelli."

"Ma certo che glielo dobbiamo dire." Dubitavo che Mamma non

fosse a conoscenza del genere di attività di Carla. Era solo troppo gentile per dire qualcosa in proposito.

Una cosa di cui ero sicura era che zia Pearl non si rendeva conto di quanto era in pericolo.

La morte di Carla non aveva cambiato solo il futuro di Rocco o di Manny. C'era di mezzo anche la relazione di zia Pearl con Manny. E quello che faceva Christophe nella nostra suite.

CAPITOLO 24

Zia Pearl e io sedevamo sul divano mentre la mamma dormiva serena all'estremità opposta a noi. Wilt era poco lontano, davanti a un tavolino. Era piegato in avanti, con la testa tra le mani, abbattuto. Se ne fossi stata capace, avrei fatto un incantesimo di rewind per farlo sentire meglio. Ma non avrebbe risolto il problema. Jimmy sarebbe comunque venuto a cercarlo per il risarcimento delle sue perdite al poker.

Christophe era tornato alla suite da pochi minuti, comportandosi come se l'intera scena del funerale non fosse mai accaduta. Si era diretto in cucina e a me andava bene così.

Dopo cinque minuti di rumori di ante che sbattevano e piatti che tintinnavano, ne emerse con un vassoio di spuntini che appoggiò sul tavolino da caffè davanti a noi. "Qualcuno ha fame?"

Di solito non ero molto brava nelle chiacchiere generiche e applicarmi con uno degli sgherri di Manny La Manna mi metteva a disagio. Temevo anche di dire la cosa sbagliata, quindi feci un grugnito e infilzai un pezzo di formaggio.

"Che ore sono?" La mamma si mise a sedere e fece vagare lo sguardo per la suite. Si alzò, dimenticandosi della caviglia dolorante.

Ricadde subito sul divano, con una smorfia di dolore sul volto. "Vorrei tornare alla piscina. È così rilassante."

"Non penso che sia una buona idea, Mamma."

"Lascia che me ne occupi io." Christophe si precipitò a prendere Mamma tra le braccia come un eroe da romanzo rosa e la portò vicino alla finestra su un divano dall'aspetto confortevole. La appoggiò delicatamente e le passò un asciugamano bianco soffice. "Almeno da qui puoi goderti la vista."

La mamma fece un risolino; era evidente che era compiaciuta dalle attenzioni di Christophe. "Penso di stare bene. Forse solo qualche livido per la caduta."

Le fossette di Christophe si accentuarono con il sorriso. Si comportava come se non fosse successo niente di diverso dal solito. "Posso offrire alle signore qualcosa da bere? Dovete essere stanche per il funerale." Fece l'occhiolino a Mamma.

La mamma arrossì. "Perché no?"

Seguii zia Pearl fino al divano, tenendo la voce bassa. "Perché continua a recitare la parte del maggiordomo? Sa che lo abbiamo visto con Manny."

"Shhh." Zia Pearl si portò un dito alle labbra.

Christophe ci ignorò e continuò a tenere lo sguardo sulla mamma. "Ti porto un po' di ghiaccio per la caviglia."

"Per me un cosmo, Chris," gridò zia Pearl verso Christophe che si dirigeva in cucina. "Un vino bianco per Ruby."

La mamma restò in silenzio e io pensai fosse un consenso.

"Per me un po' d'acqua. Non sono nemmeno le cinque," protestai.

"Questo è il fuso orario di Vegas, Cen. Questa città non dorme mai e non dovresti nemmeno tu. Lasciati andare, tanto per cambiare." Zia Pearl si passò una mano tra i capelli grigi. "Comportati come una della tua età."

Christophe sparì dietro un angolo e ricomparve nel giro di pochi secondi con un grande vassoio carico di bevande e diversi piattini di formaggio, tartine saporite e cracker. Mi passò un bicchiere di vino bianco ghiacciato. "Mi sono preso la libertà di scegliere un gustoso chardonnay della valle di Sonoma per te, Cendrine. Dato che Pearl e Ruby stanno bevendo alcolici ho pensato che ne volessi anche tu."

La mia forza di volontà vacillò. Presi il vino dal vassoio di Christophe e lo assaggiai. Lo chardonnay era delicato sulla lingua e mi stimolò l'appetito. Assaggiai un pezzo di formaggio e fui sopraffatta dalla stanchezza. Ero troppo esausta per preoccuparmi di qualunque cosa. Avevamo viaggiato tutta la notte per arrivare lì, per trovarci in mezzo a una sparatoria, gangster che giocavano d'azzardo e un assassinio. Non dormivo da ventiquattr'ore e non avevo più energia per contrastare i piani di zia Pearl e nemmeno per tenere d'occhio Christophe.

"Sei davvero un lampo, Chris." Zia Pearl buttò giù il cosmo e sbatté il bicchiere vuoto sul tavolino. "Fai magie o qualcosa del genere?"

Sul punto di soffocare, sputai lo chardonnay tutto intorno sui vestiti. Mi ripresi e lanciai un'occhiataccia alla zia, infastidita dal suo accenno al soprannaturale.

Se Christophe era seccato, non lo diede a vedere. "È un segreto industriale. Posso anche preparare qualcosa per cena, se volete." Restò in piedi in attesa di istruzioni. Forse dopo tutto non era un gangster.

"Ne sarei felice, Chris, grazie!" zia Pearl saltò in piedi. "Penso che resteremo qui per cena. Perché non ci sorprendi?"

"Bene. Uscirò un momento a prendere qualcosa per preparare." Christophe si diresse all'ingresso, le suole di gomma che scricchiolavano sul pavimento di marmo.

Aspettai finché non sentii chiudere le porte dell'ascensore e mi girai verso la zia.

"Se davvero lavora per Manny, dovremmo preferire che non tornasse."

La mamma sorseggiava il suo vino e si teneva abbracciata al telo morbido, ignara del nostro dilemma.

"Bene, metteremo un lucchetto alla porta o qualcosa del genere." Zia Pearl scosse lentamente la testa. "Conosco il modo in cui potresti impedirgli di tornare."

"Qualunque cosa sia, la farò. Come?"

Zia Pearl sorrise. "Un incantesimo di protezione tutto intorno. Ti sei esercitata? O sei stata troppo occupata con altre cose?"

Sapeva benissimo che non avevo fatto pratica e ora stava per farmela pagare. Di nuovo.

"Non puoi…"

"No, Cen. Devi imparare a camminare da sola."

"Ma questa è una situazione grave. Non potresti fare un'eccezione solo per questa volta?"

Mi scacciò con un gesto della mano. "Quale modo migliore per imparare? Almeno ora sei motivata."

Sospirai. "Il tuo amore malavitoso ci sta mettendo in ogni sorta di guai. Fallo almeno per la mamma."

"Ti preoccupi troppo, Cen. Goditi la suite, è probabile che non avrai mai più occasione di stare in un posto del genere."

"Potremmo stare nel camper," dissi.

Zia Pearl agitò il dito. "Ti sentiresti più al sicuro in una scatola di latta nel parcheggio sotterraneo? Non mi pare un'idea brillante se la mafia ti sta cercando."

Non aveva tutti i torti ed era troppo tardi per fare qualcosa riguardo alla stanza, quella sera. "Passiamo solo questa notte qui. Staremo sempre dentro e poi domani vedremo."

"Io non starò a ciondolare qui. Questa è Vegas, baby. Andrò di sotto al casinò. Vuoi unirti a me?"

Scossi la testa e mi resi conto che la zia era già sparita sulla scala a chiocciola che portava alle stanze.

Forse zia Pearl aveva ragione sul fatto di ricavare il meglio da questa situazione, ma tutto quello che volevo davvero fare era andare a dormire. La cosiddetta missione di zia Pearl ormai non sembrava più così importante.

Finito il funerale, non c'era molto altro che potesse succedere prima della nostra partenza il giorno seguente. Cosa sarebbe potuto andare storto?

Sorseggiai il vino e guardai la mamma, che si era addormentata di nuovo. Russava delicatamente sul divano. Mi avvicinai e le tolsi di mano il bicchiere di vino vuoto, appoggiandolo sul tavolino. Le aggiustai il cuscino sotto la caviglia gonfia e mi sentii gli occhi pesanti.

La mamma priva di conoscenza e la mia mancanza di capacità magiche ci lasciava piuttosto indifese e zia Pearl ne era ben consapevole. Comunque, non ci avrebbe lasciate lì se fossimo state davvero in pericolo. Nonostante tutti i guai che provocava, era protettiva e leale.

Ma forse zia Pearl aveva ragione. Anche se ero bloccata, c'erano un sacco di posti peggiori di uno lussuoso in cui venivamo servite e riverite. Fu il mio ultimo pensiero e poi cedetti al sonno.

CAPITOLO 25

Mi riscossi dal sonno e mi ritrovai sul divano, disorientata. A giudicare dalla poca luce all'esterno era ormai il crepuscolo. Dovevo aver sonnecchiato.

Sollevai la testa in direzione di un rumore.

Tump.

Tump, tump, tump.

Non mi ricordavo di essermi addormentata ma era chiaro che avevo dormito perché mi sentivo intorpidita. Avevo un mal di testa martellante, anche se mi sembrava di aver bevuto solo qualche sorso di vino. L'alcol, la disidratazione e il troppo sole al funerale mi avevano stremata.

Tenevo ancora stretta in mano la tessera magnetica che serviva da chiave per la suite e mi resi conto che non avevo più chiamato Tyler dopo il funerale. Tutta colpa dello stupido incantesimo su Rocco. Metà del tempo non ero in grado di pensare con la mia testa e per il resto dovevo cercare di tenere il passo di zia Pearl.

Un'altra promessa infranta.

Tump, tump.

Probabilmente mi ero giocata tutte le chance con l'uomo che avevo desiderato per mesi. E tutto per colpa della zia impicciona e del suo rapimento.

Ora ero convinta che aveva sempre saputo della nostra relazione. Avrebbe fatto di tutto per allontanarlo da me compreso sabotare in ogni modo la nostra relazione al suo nascere. La storia dei Racatelli aveva funzionato come scusa ideale.

Tump, tump.

Il fatto che Tyler non piacesse a zia Pearl non era niente di personale. Lo trovava semplicemente frustrante perché le dava del filo da torcere. Era il solo sceriffo che non fosse riuscita a scacciare dalla città. Probabilmente mi aveva rapita di proposito per evitare che tra noi crescesse qualcosa.

Tump.

Gli occhi si abituarono lentamente all'oscurità, girai lo sguardo in direzione del rumore. Percorsi con gli occhi la scala a chiocciola e fermai lo sguardo su un paio di tacchi a spillo attaccati a due belle gambe.

"Yu-huu! Come ti sembro?" La voce di zia Pearl echeggiava sul soffitto alto e la sua mano ben curata stringeva la ringhiera della scala. Dal punto in cui mi trovavo, sul divano al piano di sotto, vidi solo la metà inferiore di un vestito da sera di paillettes rosso brillante che luccicava sotto le luci alogene.

Saltai in piedi e imprecai sottovoce mentre prendevo atto della scena. Il breve attimo di spensieratezza di poco prima era svanito. Non era affatto zia Pearl, era Carolyn Conroe. "Non puoi trasformarti in Carolyn qui."

Carolyn Conroe era l'alter ego di zia Pearl, un clone magico di Marilyn Monroe che mia zia trasformava come voleva per divertirsi. Carolyn era ancora più sconsiderata di zia Pearl, con un lato equivoco e imprevedibile. Il pensiero di Carolyn senza controllo e senza supervisione a Las Vegas mi terrorizzava.

"Perché no? Carolyn ama Vegas ancora più di me." Uno spacco fino alla coscia mise in mostra la gamba ben tornita mentre zia Pearl, o piuttosto Carolyn, lentamente e rigidamente scendeva le scale sui tacchi incredibilmente alti.

La giovinezza di Carolyn era solo apparente; doveva comunque appoggiarsi sulle gambe artritiche della settantenne zia Pearl. Nemmeno la stregoneria poteva cambiare la natura di base.

"Quello che succede a Vegas rimane a Vegas." Si fermò a qualche gradino dalla fine e strizzò l'occhio. "Progetto *Vegas Vendetta* fase due."

"E Christophe? Non puoi mettere in scena le tue buffonate con lui in giro. Non deve scoprire che siamo streghe." Non avevo idea di quando quell'uomo avesse programmato di tornare. Dato che eravamo arrivate solo quella mattina, non sapevo se fosse un maggiordomo che viveva in casa o se staccava alla fine della giornata.

Zia Pearl scosse la testa mentre scendeva gli ultimi gradini. "A chi importa? Non lo vedremo mai più dopo questo weekend. Se vede Carolyn, raccontagli che è un'amica."

Come se avessi avuto scelta. "E Wilt?"

"Wilt è così preso dal gioco che non noterà niente. Smettila di preoccuparti degli altri, Cen. Cavolo." Carolyn afferrò una borsetta argentata dal tavolino da caffè e fece scattare l'apertura mentre camminava verso l'atrio. Sporse le labbra e applicò il rossetto. "Devo scappare."

L'umore allegro di zia Pearl sembrava fuori luogo per qualcuno che stava piangendo l'amica appena morta. Lanciai un'occhiata di fianco a me sul divano dove la mamma continuava a dormire, ignara della nostra conversazione. "Vedo che stai ancora piangendo."

"Carla sarebbe perfettamente d'accordo con il mio travestimento," disse. "Comunque, non preoccuparti, continuerò il pianto nel mio intimo. Devo solo lasciarmi un po' andare al casinò, prima."

"Cambiati di nuovo prima che qualcuno ti veda." Mi pulsava la testa, come se avessi bevuto troppo. Guardai verso il bicchiere di margarita ancora mezzo pieno sul tavolino. Christophe non era l'unico a correggere le bevande. Sospettavo che zia Pearl avesse reso più forte il cocktail aggiungendo qualcosa.

"Le ragazze vogliono solo divertirsi, Cen. Non fare la lagna. Vieni con me."

La testa sussultò mentre mi alzavo. Zia Pearl sembrava non aver subito conseguenze, anche se aveva bevuto molto più di me. Indicai verso la mamma sul divano. "Non posso lasciarla così. Qualunque cosa abbia bevuto al funerale le ha fatto uno strano effetto."

Carolyn mi ignorò e zoppicò verso la porta sui tacchi altissimi.

"Zia Pearl?" Saltai su dal mio posto e la raggiunsi nell'atrio. "Per quanto starai via?"

"Dipende dal movimento che troverò di sotto."

"E se tornasse Christophe?"

Alzò gli occhi al cielo. "Non so. Fagli preparare dei drink, la cena, quello che ti pare. Tienilo occupato."

Alzai le mani al cielo. "Non puoi lasciarci qui così. Mi hai imbrogliata facendomi venire con delle scuse accampate. Ho già perso un colloquio di lavoro e un appuntamento galante. Non sono disposta a sopportare oltre le tue pazzie."

"Tutto quello che abbiamo fatto è stato partecipare a un funerale. Ammetto che non è da tutti i giorni che qualcuno lasci cadere la bara, ma tutto sommato è andata bene."

"Stai cambiando argomento." Pestai il piede. "Lo hai fatto di proposito, solo per rovinarmi la possibilità di avere un lavoro normale e per impedire che io continui a vedere Tyler." Sapevo che lo sapeva. Potevo anche dirlo.

"Oh, Cendrine! Smettila di piagnucolare. Non essere ossessionata da quell'uomo. Non ne vale la pena." Si mise le mani sui fianchi. "E per cominciare, perché sei venuta?"

"Mi hai rapita, ricordi?"

Carolyn sbatté le ciglia finte. "Sei esageratamente drammatica. Non gira tutto intorno a te, ricordati."

Mi cascò la mandibola. "Io? Sei tu quella melodrammatica."

"Hai ragione. Lo sono." Fece un sorriso compiaciuto. "Forse sarebbe meglio se tu tornassi a Westwick Corners dopo tutto. Ne parleremo meglio quando torno."

"Mi aiuterai con un incantesimo?" Mi illuminai al pensiero. Un pizzico di aiuto magico da parte di zia Pearl e avrei potuto teletrasportarmi a casa in pochi minuti. Stasera avrei potuto dormire nel mio letto.

"Perché non ti eserciti un po' con la magia così vediamo quando rientro."

"Non possiamo farlo ora?"

Carolyn picchiettò l'orologio. "Mi dispiace, non ho tempo. Forse più tardi. Devo occuparmi di alcune cose prima che sia troppo tardi."

Mi ingobbii per la delusione mentre la guardavo uscire. Tornai in soggiorno, pensando che alla peggio avrei potuto prendere un volo e tornare a casa. Forse non stasera, ma domani mattina. Avrei preso in prestito la carta di credito della mamma e le avrei restituito i soldi più avanti. Avrei potuto essere a casa entro qualche ora.

Mi illuminai vedendo il portatile della mamma sul tavolo da pranzo e lo aprii. Le mie speranze svanirono rapidamente quando mi resi conto che la suite non disponeva di Internet. Probabilmente il fatto era legato alla regola 'niente telefono'. Ma doveva esserci un collegamento wireless nella reception. Forse anche un agente di viaggi che avrebbe potuto prenotarmi il rientro a casa.

La mamma russava pacifica sul divano, la caviglia gonfia appoggiata sui cuscini. Era un peccato svegliarla, ma non avrei nemmeno voluto lasciarla sola.

Mi illuminai al pensiero che aveva un maggiordomo a disposizione. Christophe sarebbe rientrato presto e avrebbe potuto portarle qualunque cosa avesse bisogno mentre ero via. Che lavorasse per Manny o no, sembrava che per noi, soprattutto per la mamma, avesse un occhio di riguardo.

A parte i cocktail micidiali, mi ricordai.

Non era la soluzione ideale lasciare la mamma, ma il pensiero di zia Pearl abbandonata a se stessa era anche peggiore.

Scrissi un biglietto e lo lasciai sul tavolino nel caso la mamma si fosse svegliata, poi mi diressi al casinò.

CAPITOLO 26

Non avevo fatto molta strada quando mi imbattei in Rocco. Era seduto al bar, allo stesso tavolo di prima. Stava con la schiena al muro in modo da avere la visuale completa di chi andava e veniva dalla reception. Me compresa. Incrociò il mio sguardo e mi fece segno di raggiungerlo.

Mi sentii battere forte il cuore quando ci guardammo negli occhi. Incantesimo o no, la mia attrazione nei suoi confronti era irresistibile. A giudicare dal suo sguardo, la cosa era reciproca. Nonostante sapessi che era un trucco di zia Pearl, non avevo la forza di combatterlo.

"Cen… dobbiamo parlare." Mi fece segno di sedermi.

Presi il mio posto, osservando gli stessi due sgherri seduti al tavolo vicino. Mi sembrò un deja vu, anche se pensandoci era una cosa normale. Come proprietario dell'albergo, Rocco doveva avere un tavolo permanentemente riservato a lui.

Rocco buttò giù il suo drink e si sporse in avanti. "La morte della nonna non è stata un incidente. Aveva un sacco di nemici, gente abbastanza potente da insabbiare l'indagine. Il problema è che la polizia è corrotta."

L'ironia di un criminale che si lamentava della corruzione della polizia mi colpì. "Da chi?"

"Zio Manny. Penso ci sia lui dietro la morte della nonna." Lo sguardo di Rocco divenne malinconico. "Non è un mio parente di sangue, ma prima che iniziasse la guerra per il territorio le nostre famiglie erano abbastanza vicine. Cambiò tutto con il crescere delle ambizioni di zio Manny. Ha creato una spaccatura tra le due famiglie. Una cosa è combattere per il territorio, ma uccidere per questo non me lo sarei mai aspettato da lui."

Ed era così che si comportavano le famiglie criminali, per quello che ne sapevo. Rocco ovviamente lo negava. Non sapevo esattamente in quale genere di affari criminosi fosse coinvolta la famiglia Racatelli e nemmeno lo volevo sapere. Ma in un modo o nell'altro, zia Pearl mi aveva coinvolta. "Carla ovviamente conosceva i rischi dell'essere coinvolti in attività illegali."

Rocco annuì. "Sì, ma voleva solo fare ancora un po' di soldi per potersi godere la pensione. Sia per lei che per me, dato che anch'io volevo lasciare gli affari della famiglia. Avevo in mente di tenere l'albergo e qualche altro investimento, ma progettavo di liberarmi della parte più sordida e seguire le regole. La nonna aveva cercato di raggiungere un accordo con Manny per legittimare il tutto. Ma lui voleva di più. In questo genere di affari, c'è un solo modo in cui si può lasciare. In una bara."

Rocco non disse niente del matrimonio segreto tra Carla e Manny e io non ero sicura che ne fosse al corrente. In caso negativo, non volevo essere io a farglielo sapere.

"Pensi che Manny sia responsabile della morte di Carla?" Le circostanze riguardanti la sua morte erano di certo sospette, ma non puntavano necessariamente a lui. "Ha un alibi?"

"Dice che era al casinò ma io ho riguardato tutti i video di sorveglianza e non c'è traccia di lui. Eppure ha diversi testimoni che affermano che partecipava a un poker con scommesse forti. Secondo i miei video è evidente che mentono."

"Lo hai detto alla polizia?"

"Certo, ma non ne hanno tenuto conto. Pensano ancora che sia stato un incidente, quindi non indagano oltre."

All'improvviso mi ricordai del rapporto dell'autopsia che avevo lasciato appoggiato sul tavolino nella suite. E se Christophe fosse tornato e lo avesse visto?

Mi alzai. "Verrà fuori qualcosa. Devo andare, Rocco."

"No… aspetta." Mi prese per il polso ma lo lasciò subito. "Penso di poterli convincere a riaprire la cassa."

"Grande!" Mi allontanai.

"Sì e no. Se riaprono le indagini e devono affibbiare l'omicidio a qualcuno è più probabile che arrestino me che Manny. Non ho un alibi e ho solo da guadagnare dalla morte della nonna. Dovrei ereditare tutto."

Scossi la testa. Il povero Rocco era davvero all'oscuro. "Non è un motivo sufficiente. Hanno bisogno di prove contro di te."

"Sembra che abbiano qualcosa o almeno il movente."

"Tu? Ma perché…"

"Possono sostenere che ero stanco di aspettare che la nonna andasse in pensione. Non solo quello ma io avrei beneficiato del suo ritiro. È vero che erediterò tutto, ma lei divideva già tutto con me. Non ero addentro agli affari come lei e l'ultima cosa che avrei voluto… anche da una prospettiva di business… era che lei se ne andasse. Non sono in grado di condurre il business come faceva lei, nemmeno un po'. Ma forse con il tuo aiuto…" La voce di Rocco si spezzò.

"Mi dispiace, Rocco. Non vedo davvero come potrei aiutarti. Ti serve un avvocato, non una giornalista di provincia." E oltretutto una giornalista senza lavoro. Mi alzai.

"No… Cen. Aspetta. Vedi, tu conosci i segreti della mia famiglia, voglio che tu sappia anche il mio. Sei l'unica che mi può aiutare, Cen. Se non posso combattere la corruzione, mi serve aiuto per portarla alla luce. Esattamente il tipo di aiuto che mi puoi dare tu, come strega."

Mi cascò la mandibola nel rendermi conto che Rocco sapeva esattamente quale fosse il segreto della famiglia West. "Un incantesimo non riporterà in vita Carla, Rocco."

"Questo lo so, ma forse mi puoi aiutare in un altro modo. Trovando le prove che Manny non era dove diceva di essere."

"Non vedo come…"

"Puoi tornare indietro nel tempo, seguire i suoi passi e vedere esattamente come si sono svolti gli eventi che hanno portato all'omicidio. Poi possiamo trovare il modo di confutare il suo alibi e far sì che la polizia possa agire."

"Cosa ti fa pensare che potrei farlo?"

"Una volta Pearl ha fatto un incantesimo di rewind per me. Un favore quando avevo perso una quantità di soldi che non erano miei. Quel giorno mi ha salvato la vita."

Zia Pearl che contravveniva alle regole come al solito. "E allora perché non chiedi a lei di aiutarti?"

"Non posso," disse rocco. "È ancora sconvolta per via della nonna. Non voglio doverla mettere di fronte al vero motivo della sua morte. Qualunque questo sia."

Mi girai per cercare con lo sguardo Carolyn Conroe, ma l'alter ego di mia zia non sembrava essere da nessuna parte. In un certo senso era positivo perché non era esattamente l'amica addolorata che Rocco pensava fosse.

"Vorrei aiutarti, ma la verità è che non sono molto brava come strega. Soprattutto non con gli incantesimi di rewind. Si tratta di magia piuttosto avanzata." Tecnicamente avrei potuto fare l'incantesimo, ma c'erano troppi rischi di fare errori. Sembrava una pessima idea quella di mischiare la magia con la mafia. A dire la verità, mi spaventava a morte. Se lo avessi fatto per bene, Rocco avrebbe chiesto altri favori e se avessi fallito, chi sa quali avrebbero potuto essere le conseguenze?

"Ho fiducia in te, Cen. In effetti, in questo momento sei l'unica persona di cui mi fido."

CAPITOLO 27

Lasciai il bar dopo aver convinto Rocco a chiamare prima un avvocato e poi a fare visita al medico legale.

Forse avrebbe potuto cavare la verità dalla dottoressa. Speravo che scoprisse da solo la verità, senza ricorrere a misure estreme. Se solo fossi riuscita a ottenere una copia di quel rapporto sull'autopsia in modo legale. Avrebbe aiutato entrambi. Valeva la pena provare.

Se non avesse trovato risposte, Rocco avrebbe potuto chiedere la riesumazione di Carla per una seconda autopsia, ma questa era una cosa alla quale in quel momento non volevo nemmeno pensare.

La diagnosi di morte per annegamento creava numerosi problemi. Tornai con la mente al disastro della bara. A parte la mancanza di acqua nei polmoni di Carla, la sua espressione serena indicava qualcosa. I morti annegati non erano mai privi di espressione. Il loro volto esprimeva inevitabilmente terrore e disperazione, fissando il momento finale in cui si rendevano conto che avrebbero perso l'ultima battaglia della vita.

Mi sentii all'improvviso molto triste. Qualunque fossero state le azioni di Carla in vita non erano così malvagie da farla finire in quel modo. Mi sentii triste anche per mia zia che aveva perso l'amica di una vita, anche se aveva scelto un modo inappropriato per esprimere il suo dolore.

E poi c'erano i miei strani sentimenti per Rocco. Non ero mai stata attratta da lui, ma mi ritrovavo ad averlo sempre in mente. Almeno quasi quanto Tyler, a dire il vero.

Tyler.

Mi aveva avvisata di non lasciarmi coinvolgere e aveva ragione. Avrei dovuto semplicemente salire di sopra, godermi la suite di lusso e guardare la mamma finché si fosse svegliata. La promessa di zia Pearl di riportarmi a casa aveva certamente un lato negativo, ma al momento era la mia unica possibilità accettabile.

Camminavo stordita, ancora incerta se cercare di rintracciare zia Pearl e tirarla fuori da qualunque guaio nel quale si fosse cacciata o semplicemente andarmene di sopra. Ero dilaniata. Ben presto mi trovai a pochi passi dagli ascensori della reception dove si era radunata una piccola folla.

Piegai il collo per vedere meglio cosa provocava tutta quella eccitazione. I fischi e il mormorio acceso della gente mi fecero pensare che lì in mezzo ci fosse una rockstar o una personalità di Hollywood. Mi chiesi chi si esibisse quella sera.

Un lampo di paillettes rosse e lunghi capelli biondi attirarono la mia attenzione e mi sentii poco bene.

La mia paura si concretizzò quando riuscii a vedere zia Pearl, o meglio il suo alter ego Carolyn Conroe. Faceva girare tra le dita una collana di strass mentre cantava *Diamonds are a girl's best friend* con voce sensuale.

"Chi è quella?" Una ragazzina mi passò il suo telefono e indicò se stessa e la sua mamma. "Ci fai una foto?"

Grande. Non solo zia Pearl aveva dato vita al suo numero di Carolyn Conroe, ma si stava anche esibendo facendo finta di essere una celebrità. Feci un paio di foto alla ragazza e alla madre su entrambi i lati di una Carolyn che sorrideva compiaciuta, poi restituii il telefono alla proprietaria.

Fulminai Carolyn con lo sguardo, indispettita dal suo fan club e dalla mia pietà mal riposta. Sembrava incosciente degli eventi intorno a noi. Pareva piuttosto che fosse semplicemente lì a godersela.

Carolyn strizzò l'occhio con impertinenza.

Chiusi la mano intorno al braccio di Carolyn e la trascinai via dalla folla. "Dobbiamo parlare."

"Ma tu non ti diverti mai?" Carolyn imprecò sottovoce. "Tutto quello che succede a Vegas, resta a Vegas. Lo sai."

Ignorai il suo commento e le strinsi più forte il braccio. "Andiamo di sopra, ora!"

"Cen, aspetta. Non possiamo andare senza Wilt. Penso che abbia dei problemi." Carolyn fece il broncio.

La sua espressione sembrava sincera anche se io sapevo che non mi potevo fidare. Mi ingannava sempre. "È abbastanza grande. Può pensare a se stesso." Sembrava inappropriato che mia zia, che avrebbe dovuto essere sofferente, fosse così irriverente riguardo la sua magia da trasformarsi in Carolyn e attirare ogni sorta di attenzione.

Carolyn scosse la testa. "Mmhh. È un giocatore compulsivo. Non avrei mai dovuto portarlo qui."

"Non avresti dovuto fare un bel po' di cose," rimproverai mia zia. "Come portarmi qui contro la mia volontà."

Un leggero sorriso comparve sulle labbra di Carolyn. "Hai solo bisogno di divertirti un po'. Lascia prima che trovi Wilt. Poi andremo di sopra."

* * *

QUALCHE MINUTO dopo trovammo Wilt a un tavolo da poker dove si puntava forte. Anche da sei metri di distanza era evidente che era nei guai. La carnagione normalmente pallida era paonazza e stava sudando copiosamente. "Non ha quella che si dice una faccia da poker, vero?"

"Non importa. Tutto quello che serve è una buona mano." Carolyn mi mise da parte con un cenno. "Fatti gli affari tuoi e lascia che Wilt si diverta un po'."

L'esperienza di Wilt in quel momento non sembrava nemmeno un po' corrispondente al divertimento, ma si illuminò decisamente quando scorse Carolyn. Io divenni subito sospettosa. "Lo stavi aiutando a vincere, non è vero?"

"Forse per un po'." Carolyn mostrò il sorriso e un po' di gamba per la gioia degli altri tre uomini al tavolo di Wilt. In cambio loro diedero una sbirciata. "Li ho distratti al punto che sarebbe stata un'occasione sprecata non farlo."

"Sai che non è giusto, zia Pearl." Scossi la testa. "È contrario alle regole del WICCA utilizzare i poteri magici per fare soldi." Le regole erano particolarmente severe per quanto riguardava l'utilizzo della magia per arricchirsi. Creare i soldi era assolutamente proibito. Anche se non ero al corrente di ogni regola specifica riguardante il gioco d'azzardo, ero abbastanza sicura che fossero analoghe. Zia Pearl non stava esattamente stampando banconote, ma quello che faceva ci andava molto vicino.

Mia zia alzò gli occhi al cielo. "Conosco le regole, Cen. Chi dice che uso la magia? Non ne ho bisogno. È semplice aritmetica."

"Hai contato le carte?" Il casinò probabilmente aveva telecamere ovunque. Conoscendo la zia, quasi certamente l'aveva fatto in modo evidente.

"Qualcosa del genere." Carolyn si avvicinò leggermente al tavolo dove catturò immediatamente l'attenzione di un uomo robusto. Il grosso bracciale d'oro sprofondava nel polso carnoso mentre sventolava le sue carte, caricatura oscura uscita dritta da un film di gangster. La sua espressione soddisfatta era o un bluff o una prova inequivocabile che la sua mano avrebbe battuto quella di Wilt. L'altra mano la teneva sulla coscia, vicino alla fondina.

"È piuttosto divertente prendersi gioco di questi bravi ragazzi. Pensano di essere più furbi di chiunque altro. Dovresti provarci qualche volta." Carolyn gettò all'indietro la chioma bionda con un gesto esagerato mentre si pavoneggiava intorno al tavolo.

Contare le carte era già abbastanza grave, ma controllare la mano degli avversari di Wilt era un imbroglio anche peggiore. Afferrai il braccio di Carolyn e la tirai indietro dove stavo io, a qualche passo di distanza da Wilt. "Non sarà divertente ancora per molto. Wilt non si può permettere di giocare d'azzardo con il suo lavoro al minimo salariale." Incrociai il suo sguardo mentre Wilt spingeva una pila di fiches da cinquanta dollari verso il centro del tavolo. Abbassai la voce. "È in guai seri."

Sapevo molto poco del poker ma comunque avevo visto che la sua mano era pessima. Non aveva figure e nemmeno una misera coppia di carte basse. Non era capace di bluffare e non aveva alcuna speranza di vincere. Che stesse spendendo i suoi soldi o parte delle vincite alla lotteria di zia Pearl i soldi non sarebbero durati a lungo.

Carolyn mi ignorò.

Mi avvicinai al tavolo. "Wilt, finisci la tua mano e andiamocene."

Si girò per un attimo, il tempo sufficiente di fulminarmi con un'occhiata. "Lasciami in pace. Mi stai togliendo la concentrazione."

Zia Pearl, sempre mascherata da Carolyn Conroe, imprecò sottovoce. "L'hai sentito. Fatti gli affari tuoi, Cendrine."

Io strinsi i denti. "Concentrati, zia Pearl. Ricordati perché siamo qui."

"Voi due vi conoscete?" Wilt alzò le sopracciglia sorpreso.

Io annuii, indispettita dal fatto di dover nascondere la doppia identità di mia zia.

"Il mondo è piccolo." Wilt si girò di nuovo al tavolo e tornò alla sua patetica mano di poker.

"Più piccolo di quanto tu pensi." In un certo senso ero sollevata dal fatto che Wilt non avesse idea che Carolyn in realtà era zia Pearl, e una strega, ma il suo modo di fare ingannevole mi seccò. Wilt era ovviamente attratto dall'alter ego di zia Pearl e Carolyn lasciava che pensasse che il sentimento era reciproco.

Mi girai verso Carolyn. "Fallo per il suo bene, zia Pearl."

"Ssshh… Non chiamarmi così."

"Mi hai detto che ha un problema con il gioco d'azzardo."

"L'ho fatto? Non me ne ricordo."

"Proprio tu, dovresti saperlo." Fece un respiro profondo mentre i giocatori intorno al tavolo rilanciavano la scommessa di Wilt. Discutere non aveva senso. Prolungava solamente il disastro che ci attendeva.

Carolyn arrivò dietro a Wilt e gli appoggiò una mano sulla spalla.

Wilt si girò a guardarla e sorrise, chiaramente innamorato. Stava facendo un po' di scena per il suo nuovo oggetto amoroso e questo rendeva il suo gioco a carte ancora più sconsiderato. Era evidente che Wilt non aveva mai avuto molto interesse per il sesso femminile, figuriamoci uno schianto come Carolyn. Si crogiolava all'attenzione della donna e dei suoi avversari di poker invidiosi.

Carolyn aveva catturato l'attenzione degli altri tre uomini al tavolo che continuavano a guardare nella sua direzione.

"Vedo," il Tipo Mafioso gettò le carte sul tavolo e sogghignò.

Aveva un full: tre assi e due dieci.

Afferrai Carolyn per il braccio. "Wilt sarà annientato. Fallo fermare, ora." Non potevo più restare a guardare il disastro al rallentatore che si stava preparando davanti ai miei occhi.

"Vuoi che lo interrompa prima che abbia la possibilità di vincere indietro i suoi soldi?" Fece sbattere le ciglia finte guardandomi con finta innocenza.

"Sai cosa intendo."

Lei alzò le spalle e guardando il giocatore che aveva posato le carte strizzò l'occhio.

Anche lui le sorrise, affascinato.

Prima che potessi dire un'altra parola, tutte le persone al tavolo erano in trance.

Letteralmente.

Carolyn Conroe aveva praticato su di loro un incantesimo di rewind. Un attimo dopo, davanti a noi si presentò la stessa scena. Solo che questa volta, Wilt aveva una coppia di assi.

"Zia Pearl!" Le afferrai il braccio. "Questo è peggio che contare le carte! Rimetti tutto com'era prima."

"Non lo posso fare, signorina. Non ti stavi lamentando poco fa quando mi pregavi di aiutarti con un incantesimo."

"Ma il mio incantesimo era solo per riportarmi a casa. Non avrebbe rovinato finanziariamente nessuno."

"Tutti quelli che giocano d'azzardo corrono dei rischi."

Incrociai le braccia. "Quello che stai facendo non è giusto. Riporta tutto subito com'era prima o ti denuncerò al WICCA. Conosci le regole." Imbrogliare al gioco era motivo di immediata e perpetua espulsione. Nessuna strega che si rispetti avrebbe rischiato di perdere i propri poteri.

"Tradiresti tua zia?" Carolyn incrociò le braccia e sbuffò. "Per cosa? Questo non è imbrogliare al gioco, Cen. Ho solo spostato Wilt all'indietro in un momento precedente. Entrambe le sue scelte sono state fatte con la sua volontà."

"Ma questa volta lui ha fatto una scelta diversa," protestai. "Ha tirato carte diverse."

"Sono solo probabilità."

"Non puoi semplicemente riportare indietro la vita finché non ottiene i risultati che desideri," dissi. "Non funziona in questo modo."

"Ti sbagli, Cen. È esattamente così che funziona la vita."

CAPITOLO 28

Wilt si alzò dal tavolo e raccolse le sue fiches. Zia Pearl e io lo seguimmo mentre si dirigeva all'uscita e verso la reception. Sentivo molti occhi addosso a noi. O piuttosto su Carolyn, dato che ad ogni passo mostrava la gamba e la scollatura. Avevamo percorso una decina di metri quando Wilt si fermò affascinato da una schiera di slot-machine. Sembrava essersi completamente dimenticato di noi: era come se fosse in trance.

"Wilt." Mi misi davanti a lui ma i suoi occhi vitrei guardarono oltre me verso le slot-machine. Pescò dei gettoni del casinò dalle tasche e si sedette davanti alla prima della fila.

Uno per uno infilò i gettoni nella macchina.

"Fermalo, zia Pearl! Wilt non se lo può permettere." Sei uomini ubriachi sulla ventina ci avevano seguiti dal casinò. Si erano fermati a qualche metro di distanza, bisbigliando mentre ci osservavano. A giudicare dalle ridicole camice hawaiane e dai cappelli di paglia, stavano partecipando a un addio al celibato.

"Lui non se lo può permettere, ma io si," disse zia Pearl. "Sta giocando a mie spese."

Scossi la testa. "Non importa chi paga. Stai solo peggiorando la sua dipendenza dal gioco." Non capivo come la sua vincita alla lotteria potesse giustificare la rovina della vita di un uomo.

Il nostro fan club si chiuse intorno a noi a semicerchio. Da quello che riuscii a capire dai bisbigli ubriachi, stavano cercando il modo di presentarsi. Mi girai verso Carolyn.

"Non hai nemmeno incassato il tuo biglietto," protestai. "E se tu ti fossi sbagliata nel trascrivere i numeri?" Mi venne anche in mente che se non aveva ancora incassato il biglietto, doveva prendere i soldi da qualche altra parte. Avevo paura di chiedere dove. Non era nemmeno lontanamente ricca a sufficienza per finanziare un viaggio per il gioco d'azzardo.

"Il biglietto è valido. Ho usato quella macchina apposta, quindi sono sicura. Cosa potrebbe andar male?" Agitò la mano in modo vistoso quasi abbattendo lo sposo, che nemmeno se ne accorse mentre perdeva il cappello.

"Tutto," dissi. "Forse c'è stato un errore con i numeri. E se tu avessi perso il biglietto? Spero che tu l'abbia messo in un posto sicuro."

Carolyn infilò una mano nella scollatura, cosa che provocò alcuni fischi dai suoi ammiratori. I suoi occhi si spalancarono e iniziò a sudare.

"Cosa succede?"

Si portò la mano alla bocca. "Era qui pochi minuti fa. Oh mio Dio! Ho perso il biglietto!"

Mi si contorse lo stomaco mentre pensavo al camper, al conto del gioco d'azzardo e a chissà quale altra cosa zia Pearl aveva comprato a credito. "Almeno abbiamo quello che resta delle fiches da gioco di Wilt."

Afferrai il braccio di Wilt proprio nel momento in cui infilava gli ultimi gettoni nella slot-machine e tirava la maniglia.

Troppo tardi. Imprecai sottovoce.

Carolyn Conroe scoppiò a ridere mentre mi dava una pacca sulla schiena. "Calmati, Cen. Stavo solo scherzando."

Gli uomini dell'addio al celibato fissarono Carolyn che si sistemava la scollatura e dava un colpetto finale al petto. Sogghignò guardandoli. "Ce l'ho ancora."

Allontanai Wilt dalla slot-machine.

"Quella è la mia macchina fortunata! Stavo per vincere." Wilt con uno strattone liberò il braccio dalla mia presa.

"Non vincerai mai," dissi. "Andiamocene finché possiamo."

Wilt scosse la testa. "È la prima volta in tanto tempo che vinco e tu vuoi che io smetta?"

"Non stavi vincendo niente," dissi. "Hai terminato le tue fiches."

"Una pausa temporanea," protestò Wilt.

Guardai Carolyn ma lei era troppo occupata per accorgersene. Gli uomini dell'addio al celibato l'avevano circondata e cercavano di attirare la sua attenzione. Si stava godendo ognuno di quei minuti.

Avevo ancora un vantaggio. Wilt non sapeva che Carolyn in realtà era zia Pearl.

Abbassai la voce in modo che Carolyn non sentisse. "Wilt, ho bisogno il tuo aiuto. Zia Pearl non c'è e ho bisogno di trovarla. Tu non dovresti essere il suo autista e guardia del corpo personale?"

Wilt impallidì. "Oh, sì. Oh mio Dio. È meglio che la trovi."

Mi sembrò una reazione esagerata, ma almeno Wilt prendeva il suo lavoro sul serio.

"So che stai solo rilassandoti dopo il lungo viaggio per arrivare qui, ma dobbiamo trovarla con urgenza. Ha bisogno della sua medicina." Se c'era qualcuno che aveva bisogno di medicine in quel momento, ero io, ma Wilt credette alla mia piccola bugia.

La sua bocca si spalancò. "Ho fatto casino, vero? Mi dispiace, non so cosa mi ha preso."

"Nessun problema, Wilt." Mi allontanai dalla slot machine e gli feci segno di seguirmi. Uno del gruppo dell'addio al celibato ci diede uno spintone, seccato per la perdita della sua posizione vicino a Carolyn.

Wilt mi seguì con aria contrita. "Sono stato preso dalle carte invece di stare attento e tenere d'occhio Miss Pearl. Non riesco a evitarlo, Cendrine. Tutte le luci forti e i rumori mi infastidiscono. Mi sembra di essere drogato."

"Non ti preoccupare. Vai di sopra nella suite e vedi se riesci a trovare qualcosa. Io guarderò qui intorno." Non ne avevo intenzione, ma avevo bisogno che Wilt se ne andasse dal casinò. Dovevo parlare a

Carolyn da sola e convincerla a trasformarsi di nuovo in zia Pearl. Carolyn Conroe attirava troppo l'attenzione maschile.

Wilt annuì e si girò per andarsene. Aveva fatto solo qualche passo quando un enorme uomo nerboruto gli bloccò la strada.

Il mio cuore fece un salto quando riconobbi il Tipo Mafioso, il giocatore di poker di qualche momento prima.

CAPITOLO 29

"*P*erché hai lasciato il tavolo? Stavamo iniziando a conoscerci." Il Tipo Mafioso piazzò una mano carnosa sulla spalla di Wilt. "Abbiamo un problemino, io e te."

"Ho finito di giocare." Wilt tremava mentre parlava. "Ho pagato tutte le mie scommesse, quindi non vedo dove sia il problema."

"Non vedi come contare le carte possa essere un problema?" L'uomo rinforzò la stretta. "Non mi prendi in giro nemmeno un po'. Hai perso la mano alla fine solo per farlo sembrare reale."

"Ma non ha alcun senso," protestai. "Ha perso un sacco di soldi alla fine." Mi chiesi se fosse il caso di andare a cercare Rocco. Poi mi ricordai della sparatoria e decisi di lasciar perdere. Queste rivalità tra famiglie tendevano a diventare mortali.

Il Tipo Mafioso mi fulminò con lo sguardo in modo che sembrava gli stessero uscendo gli occhi dalla testa. "Nessuno ha chiesto il tuo parere, dolcezza."

Wilt sobbalzò per il dolore mentre il Tipo Mafioso stringeva sempre più forte.

"Ho visto cosa stavate macchinando tu e la tua amica." L'uomo fece un cenno verso Carolyn. "Lei serve per distrarre, no? Attira l'attenzione di noialtri finché non stiamo più attenti al gioco."

"Per niente. Ho vinto in modo onesto e pulito." Wilt si divincolò dalla stretta dell'uomo. "Devo andare."

"Tu non vai da nessun parte. Sei in debito con me." L'uomo prese Wilt per il colletto e lo strattonò così forte verso l'alto che per poco Wilt non ne uscì dall'altra parte. Era grosso il doppio di Wilt, quasi centotrenta chili, con un carattere ugualmente sovradimensionato.

Wilt scosse la testa. "Non devo niente a nessuno. Nemmeno del tempo."

La risposta impertinente di Wilt stava per metterci in un gran casino. Gli diedi un colpetto al braccio. "Wilt, andiamo."

Il Tipo Mafioso tirò Wilt in direzione opposta, strappando la cucitura della sua camicia. Saltò via un bottone che atterrò sulla morbida moquette del casinò.

Il volto del Tipo Mafioso divenne di un rosso rabbioso, non sapeva perdere.

"Carolyn," gridai. "Vieni qui."

Con mia sorpresa, Carolyn si liberò immediatamente dei suoi ammiratori. "Cos'è tutta questa agitazione?"

"Abbiamo bisogno di aiuto," sussurrai. "Sarebbe un buon momento per il rewind."

"Oh, cielo," Carolyn si accigliò. "Wilt è davvero nei guai. Quello è Jimmy, il braccio destro di Manny La Manna. Ha un temperamento impetuoso. Wilt è davvero bravo a scegliersi i nemici."

"Non l'hai riconosciuto prima? È stato a giocare a carte con Wilt tutto il tempo in cui tu stavi contando. Come hai potuto non notarlo?"

"È molto diverso dall'ultima volta che l'ho visto. È ingrassato parecchio. Comunque, stavo facendo molte cose insieme, Cen. Contavo le carte, contavo gli uomini… ho fatto un po' di confusione."

"Fai attenzione, zia Pearl. Dobbiamo rimettere le cose a posto."

"Shhh… non chiamarmi così. Sono Carolyn, ricordi?"

"Ok. Tiraci fuori da questo casino."

Carolyn fece un passo indietro e incrociò le braccia. "Tu mi parli in quel modo e ti aspetti un favore, signorina? Beh, non avrai la mia collaborazione. Vuoi un altro incantesimo di rewind? Fattelo da sola."

"Ma io non posso…"

"Allora ammetti di aver sbagliato e chiedi scusa."

Un paio di ammiratori di Carolyn si avvicinarono per vedere cosa aveva scatenato la discussione. Non volevo una rissa, ma non vedevo perché avrei dovuto chiedere scusa. Non avevo fatto niente di sbagliato.

Il braccio carnoso di Jimmy si avvolse intorno al collo di Wilt in una stretta soffocante.

Le braccia di Wilt si agitavano ai suoi fianchi mentre cercava di sfuggire a quella morsa.

"Zia Pearl, per favore… Dimenticati di me. Fallo per Wilt."

"Smettila di usare il mio vero nome!" Strinse gli occhi. "Ti dispiace o no?"

"Ok, va bene, mi dispiace. Ma fai l'incantesimo e togli Wilt da quella situazione!" Non sopportavo di guardare un altro secondo. Gli occhi di Wilt sporgevano per la stretta di Jimmy. Sembrava un insetto che sta per essere schiacciato.

"Vorrei davvero che tu facessi pratica di magia e non dovessi appoggiarti a me tutte le volte." Borbottò Carolyn. "Se solo tu ti applicassi."

Alzai gli occhi al cielo. Era troppo tardi per fare qualcosa ora, ma per una volta ero d'accordo con zia Pearl. Appena di ritorno a West-wick Corners decisi che avrei ripreso le mie lezioni, se non altro per contrastare l'irresponsabilità di zia Pearl.

Zia Pearl fece schioccare le dita. "Uno, due, tre, quel che era non è…"

Il mio respiro affannoso echeggiò per tutto il casino. L'enorme spazio divenne silenzioso in modo irreale, senza voci o rumori delle slot machine. Centinaia di giocatori alle slot machine o ai tavoli erano congelati in diversi stati di animazione sospesa.

"Oh, oh." La gaiezza di Carolyn di poco prima era stata sostituita dalla preoccupazione.

"Cos'è successo?" Guardai in alto sul soffitto, chiedendomi se l'incantesimo di rewind avesse avuto effetto su qualcun altro nell'edificio, come per esempio gli impiegati della sicurezza che controllavano il casinò dai video. La magia di zia Pearl era registrata per i posteri, nel caso qualcuno avesse riguardato i video della sorveglianza. Ero sicura che in un casinò fosse un'attività che veniva svolta regolarmente.

Carolyn fece una smorfia mentre cercava di togliere le dita di Jimmy dal collo di Wilt. "Non funziona. Ho fermato l'incantesimo al momento sbagliato e ora non so cosa fare."

"Non puoi semplicemente fare il rewind da qualche secondo prima?" Sembrava ovvio e non capivo perché l'idea non le fosse venuta.

"Mmhh. Non posso fare unwind e rewind con una tale precisione da centrare la frazione di secondo. Anche se fossi abbastanza veloce potrei mettere in pericolo la sicurezza di Wilt."

"Beh, non possiamo lasciare che Jimmy strangoli Wilt." Mi avvicinai ai due uomini per guardare più da vicino. "Dammi la tua scarpa."

"Non è male, no?" Carolyn piegò la testa osservando i due uomini. Il volto di Wilt era congelato in un'espressione di terrore e le sue mani stringevano quelle di Jimmy in una stretta mortale.

"Dai, dammi la tua scarpa, veloce!"

Carolyn di malavoglia mi passò il suo tacco a spillo. Io feci leva con quello sotto le dita di Jimmy e lentamente spinsi fino a riuscire a liberare il collo di Wilt. Poi indietreggiai e tirai con tutta la mia forza. Le nocche di Jimmy scrocchiarono e le sue dita si aprirono lasciando libero Wilt. In quel momento persi l'equilibrio e caddi sul pavimento di moquette del casinò.

Una frazione di secondo dopo Jimmy cadde sopra di me e diventò tutto nero.

CAPITOLO 30

Mi misi a sedere e vidi Wilt e Carolyn che mi fissavano preoccupati. "Dov'è Jimmy?" Boccheggiai per riprendere a respirare mentre la mia cassa toracica ricominciava lentamente a espandersi. Dopo essere stata schiacciata dal peso di Jimmy mi sentivo come un panino appiattito.

"Andato," Carolyn indicò la porta con la mano tesa. Si era anche già rimessa la scarpa. "Alzati. Non abbiamo tempo da perdere."

Ubbidii ma mi sentivo confusa. Avevo anche un mal di testa lancinante. Restai in piedi di fronte a Carolyn e scrutai il casinò. La gente ciondolava attorno a macchine e tavoli, facendo scommesse come se non fosse successo niente. "Che fretta c'è?"

Carolyn si accigliò. "Jimmy andrà a dire tutto a Manny e quando Manny verrà a cercare Wilt scoprirà che c'entro qualcosa anch'io. Ci saranno dei problemi."

Mi cascò la mandibola. "Manny sa che sei una strega?"

"Certo che lo sa, Cen."

"Pensavo che avessi detto che era un'avventura senza importanza?" Doveva essere un po' più importante per lei, se sapeva dei suoi poteri soprannaturali. "Esattamente quanto è seria questa relazione?"

"Io non racconto questi dettagli e di certo non condividerò ogni

152

minimo particolare della mia vita amorosa con mia nipote." Si mise le mani sui fianchi. "Non sono affari tuoi."

"Hai fatto incazzare un gangster. Ora sono anche affari miei."

Carolyn mi allontanò con un gesto. "Non è il momento, ora. È meglio che ce la filiamo."

Wilt si stava avvicinando con movenze da zombie a una slot machine. Frugò nelle tasche e alla fine le rovesciò: vuote. Carolyn gli fece cenno di venire con noi e lui ci seguì. Uscimmo dal casinò e ci dirigemmo alla reception.

Lo spazio era nuovamente affollato di ospiti, la maggior parte dei quali probabilmente non aveva idea della sparatoria di quella mattina.

"Non lascerò perdere finché non mi dirai qualcosa di più sulla tua relazione con Manny. È da prima o dopo che ha sposato Carla?" Mi sentivo vestita in modo inappropriato vicino a Carolyn, anche se il mio abbigliamento era sicuramente più in tono con quello di chiunque altro nella reception.

"Da prima, ma non vedo che importanza abbia. Ci siamo conosciuti a una delle feste di Carla, quando lei viveva ancora a Westwick Corners. Manny era venuto in città qualche giorno per affari. È stato subito attratto da me." Carolyn sorrise e si passò le dita tra i lunghi capelli biondi.

"Attratto da Pearl o attratto da Carolyn?"

"Cosa importa?"

"Importa molto. Conosce il travestimento da Carolyn?"

"Mmhh. Sa tutto. E non chiamarla così," Carolyn tirò su con il naso. "Carolyn è estremamente reale per me. Posso assicurarti che è molto reale anche per diverse persone qui intorno. Compreso Manny. Lui pensa che sia piuttosto sexy."

Mi coprii le orecchie. "Troppe informazioni." Non volevo pensare alla mia anziana zia, anche nel suo alter ego di Carolyn, in intimità con un membro del sesso opposto.

Mi girai e vidi che due tipi dell'addio al celibato ci stavano ancora seguendo, restando qualche passo indietro. "So che ti senti adulata da tutte queste attenzioni, ma fa accapponare la pelle. Sembrano stalker."

Wilt scattò sull'attenti e marciò verso quegli uomini. "Me ne occupo io."

Carolyn aspettò finché il ragazzo non fu più a portata d'orecchi e mi si avvicinò. "Almeno terranno occupato Wilt per un po'." Strizzò l'occhio ai due e mi seguì verso gli ascensori.

Alzai gli occhi al cielo, spinsi il bottone dell'ascensore e pregai che le porte si aprissero prima che Wilt o Carolyn si mettessero di nuovo nei guai.

Le mie preghiere furono esaudite, le porte si aprirono e io entrai nell'ascensore vuoto.

Carolyn entrò dopo di me. "Anche Jimmy contava le carte. È per questo che era così furioso. Supponeva che non avrebbe avuto concorrenti a quel tavolo. Manny penserà che ho aiutato Wilt."

"È quello che hai fatto." Spalancai la bocca per la sorpresa al pensiero di cosa implicava quell'affermazione. "Aspetta un attimo. Stai dicendo che Jimmy contava le carte d'accordo con il casinò?" Questo voleva dire che anche Rocco era coinvolto.

"Il casinò deve sapere. Controllano tutto, come avrebbero potuto non notarlo?" Carolyn lasciò cadere la testa e borbottò tra sé.

"Ehi! Aspettatemi!" Wilt saltò nell'ascensore appena prima che le porte si chiudessero alle sue spalle. Qualunque cosa avesse detto ai nostri ammiratori aveva funzionato, perché se ne erano andati.

"La stregoneria può essere peggio del contare le carte? In ogni caso si imbroglia." Per quello che capivo, Jimmy era stato battuto al suo stesso gioco e non sapeva perdere. Non capivo cosa questo c'entrasse con Manny o perché la stregoneria doveva essere peggio del contare le carte. Ai miei occhi erano due modi di barare.

"Forse, ma Manny non la vede a questo modo. Contare le carte è uno dei modi in cui Manny e i suoi ragazzi ricavano parte dei loro soldi. Ogni magia che compromette i suoi affari è qualcosa che non è disposto a tollerare."

"Contare le carte sembra incredibilmente faticoso. Jimmy dovrebbe vincere moltissimo perché ne valga la pena." Mi chiesi se Rocco sapeva cosa stava succedendo nel suo casinò.

Carolyn alzò gli occhi al cielo. "Aspettano che arrivi un riccone come Wilt sembra essere."

"Di cosa state parlando?" Wilt si strofinò la fronte. "Chi contava le carte?"

"Non preoccuparti, ne parliamo più tardi." Mi girai verso Carolyn. "Manny non saprà che sei coinvolta."

Carolyn scosse la testa. "Le videocamere di sorveglianza. Chiunque le guardi vedrà che qui al pianterreno tutto si è immobilizzato con il mio incantesimo di rewind. È ovviamente magia."

"Ne dubito. La maggior parte delle persone penseranno che l'immobilità temporanea sia dovuta a un problema del video o qualcosa di simile."

"Ma non eravamo tutti immobilizzati," disse Carolyn. "Non capisci? Questo fatto in sé prova che siamo streghe. Chiunque guardi quei video di sorveglianza vedrà che noi ci muoviamo mentre tutti gli altri sono immobili."

"Oh," dissi. "Non ci avevo pensato. Ma, ok. Baserà dirlo a Rocco. Lui sa già che siamo streghe e può semplicemente cancellare quel pezzo di video."

"Mmmhh." Carolyn si rabbuiò.

"Cosa c'è che non va? Manny non lavora al casinò di Rocco, quindi non vedrà mai le registrazioni."

"Forse ho dimenticato di parlartene." Carolyn fece una pausa e un respiro profondo. "Manny si è già infiltrato nel casinò. Alcuni dei suoi uomini sono qui nel reparto sicurezza. Ora che non c'è più Carla, niente gli impedisce di prendere il controllo in modo ufficiale."

CAPITOLO 31

Uscii dall'ascensore ed entrai nella suite sulla scia di Carolyn e Wilt. Dopo tutta la confusione e il viavai di gente del piano inferiore, il silenzio dell'appartamento mi infuse uno strano senso di calma. Odiavo ammetterlo, ma cominciavo a sentirmici a casa.

"Non possiamo restare qui. Facciamo i bagagli e andiamo." Carolyn si diresse alle scale, ma si fermò all'improvviso. "Gli uomini di Manny seguiranno ogni nostra mossa."

Mi cascò la mandibola. Christophe era seduto di fianco a Mamma sul divano, con una bottiglia di birra in mano. Sembrava strano che bevesse sul lavoro, ma forse a Vegas le cose funzionavano in modo diverso. Era ancora più strana la scelta della bevanda, considerata la sua propensione per la preparazione di cocktail raffinati.

Ma fu l'uomo seduto di fronte a Christophe, in poltrona, ad attirare la mia attenzione.

"Tyler! Sei qui!"

Sogghignò e si alzò per venirmi a salutare. "Quando non ho più avuto tue notizie, mi sono preoccupato. Queste famiglie criminali sono pericolose, così ho pensato che fosse meglio fare un salto. Ho preso l'aereo."

Come se fosse la cosa più facile del mondo.

"Come ci hai trovate?" Corsi verso di lui e lo baciai sulla guancia.

Alzò le spalle. "Non era difficile immaginarlo. Semplicemente dove sono i Racatelli."

Carolyn scosse la testa, chiaramente non contenta di vedere Tyler. "Schierarsi con la legge. Come hai potuto, Cen? Hai cambiato bandiera."

Tyler si accigliò. "Ci conosciamo? Hai un aspetto familiare."

"Non penso," Carolyn fissò Wilt che andava verso il patio. "Torno subito."

"Vengo anch'io." Seguii Carolyn verso l'esterno.

"Dobbiamo andarcene, Wilt." Carolyn gli fece segno con un movimento della mano.

"Ci siamo appena conosciuti." Wilt si fermò sulla soglia. "Sei carina e tutto, ma ti conosco a malapena. Perché dovresti voler scappare con me?"

Carolyn sbuffò e gettò in aria le mani. "Diglielo, Cen."

"Dirgli cosa?" Non sarei stata certo io a spiegare che Carolyn era solo il travestimento magico creato da zia Pearl. "Ti sei messa tu in questo casino e tu ti devi tirare fuori."

Wilt scosse lentamente la testa. "Voi due potete discutere finché volete. Io devo scappare da qui prima che quel tipo venga a cercarmi. Me ne andrò da qualche parte con il camper. Forse mi nasconderò nel deserto."

"Con un camper enorme?" Carolyn sbuffò. "Certo, così non ti noterà proprio nessuno."

"Non c'è bisogno di essere sarcastici," disse Wilt.

Li raggiunsi e afferrai il braccio di Wilt. "Sei matto? Non puoi competere con questi sgherri. Anche se lasci Las Vegas probabilmente ti verranno a cercare."

"Non essere ridicola, Cen. Wilt potrebbe sparire facilmente."

"Facilmente?" Improvvisamente sembrò dubbioso. "Non vedo come. Non ho un posto dove andare. Non sono bravo in niente. Ho anche perso Miss Pearl."

Incenerii Carolyn con lo sguardo. "Puoi farci qualcosa?"

"Vuoi dire… come tornare…"

"È esattamente quello che intendo." Mi girai verso Wilt. "Prometti di stare qui buono finché ritorno. Penso di sapere dov'è zia Pearl."

Wilt non sembrava convinto.

"Non ti posso aiutare se tu non collabori, Wilt."

"Fai come dice," aggiunse Carolyn mentre mi seguiva all'interno dell'appartamento. Sorrise con indulgenza. "Wilt ha bisogno di un po' d'aria fresca, possiamo lasciarlo sbollire ancora un po'. Penso che abbia bevuto troppo. E a questo proposito, gradirei un cosmo, Chris. Nessun altro li prepara come te."

Christophe aggrottò le ciglia. "Non ti ho mai preparato un drink."

Gli feci cenno di lasciar stare con la mano. "Probabilmente ho parlato a Carolyn di te e delle tue abilità con lo shaker." Fulminai la zia con lo sguardo.

"Un uomo dai molti talenti." Sorrise Tyler. "Almeno voi, signore, siete state in buone mani con Christophe che vi proteggeva. Sarà meglio restare nella suite nelle prossime ore."

"Non è possibile," disse Carolyn. "Noi dobbiamo andare."

Gli occhi di Tyler si strinsero. "Sei sicura che non ci siamo già incontrati? Giurerei di averti vista a Westwick Corners."

Il battito cardiaco mi accelerò mentre mi preparavo alla risposta di Carolyn.

Lei sbatté le ciglia. "West-che?"

"Niente." Tyler si girò verso di me. "Le cose stanno precipitando. Mi prometti che resterai nella suite?"

"Non andremo da nessuna parte." Risposi per tutte e due.

Andammo di sopra ed entrammo in camera. "Trasformati subito in zia Pearl."

"Non si può aspettare?"

"No, zia Pearl. Fallo ora."

Per una volta mi diede ascolto.

Lasciai andare un sospiro di sollievo mentre la fascinosa Carolyn lentamente sbiadiva e 'niente assurdità' zia Pearl si materializzava davanti a me. Indossava un completo bianco da tennis, non proprio il suo abbigliamento usuale. La gonna corta lasciava scoperte le gambe magre e rugose un po' rovinate dal sole.

"Bene. Andiamo di sotto e facciamo in modo che Christophe aiuti Wilt."

"Dobbiamo davvero coinvolgere la polizia?"

La incenerii. "Non penso che abbiamo scelta."

"Va bene. Facciamo a modo tuo." Zia Pearl sollevò un'enorme sacca da viaggio bianca dal letto e la mise in spalla.

"Non stiamo andando da nessuna parte," le ricordai.

"Lo so, lo so." Sembrava pronta per una partita di tennis con la borsa delle racchette in spalla.

La seguii da vicino mentre scendevamo le scale.

"Sceriffo Gates, che sorpresa!"

"Vai da qualche parte, Pearl?" Chiese Tyler.

Zia Pearl scosse la testa. "No. Stavo solo preparando le mie cose per la partita di tennis di domani."

"Bene. Penso che sia meglio che restiamo tutti qui per un po'."

CAPITOLO 32

Essere imprigionati nella suite di un lussuoso albergo di Las Vegas non era così male, dopo tutto, ora che c'era Tyler. Non mi sarebbe nemmeno dispiaciuto prolungare il soggiorno ancora un po'. Ero commossa all'idea che avesse fatto un viaggio così lungo solo per assicurarsi che fossi al sicuro.

Nessun uomo aveva mai fatto prima qualcosa del genere per me.

Forse avevamo ancora una chance.

Gli sorrisi.

Tyler mi restituì il sorriso. "Non è stato così difficile rintracciarvi dato che sapevo che eravate venute a trovare Rocco Racatelli. Ho immaginato che sareste comparse al suo albergo, prima o poi."

Rocco.

Tyler.

Non provavo niente per Rocco in quel momento, ma era perché non era vicino a me. L'incantesimo di attrazione avrebbe ancora una volta preso il sopravvento sulla mia volontà? Ero preoccupata di cosa avrebbe potuto rappresentare per Tyler e me.

"Ma come..." I miei occhi corsero da Christophe e poi di nuovo a Tyler. Sembrava che si fossero già presentati. Una cosa positiva, dato che non avrei saputo in che modo spiegare a Tyler quello strano maggiordomo.

Tyler sembrò leggermi nel pensiero. "Christophe è un mio ex collega. L'unico motivo per cui è in questa suite è per la vostra protezione."

"Sei anche tu un mafioso, sceriffo Gates? Non me lo sarei mai aspettato." Gli occhi della mamma si spalancarono per la sorpresa mentre scivolava all'altra estremità del divano, lontano da Christophe. Mi guardò per essere rassicurata.

"È ok, mamma." La reazione della mamma sembrò un po' esagerata, soprattutto considerando chi si era scelta come fidanzato.

Tyler rise. "Non preoccuparti, Ruby. Christophe e io abbiamo lavorato insieme sotto copertura. Prima di venire a Westwick Corners lavoravo a Vegas."

"Sapevo che eri troppo bello per essere vero." Zia Pearl impallidì squadrando Christophe. "Ma sei così bravo a preparare i martini. Che tremendo peccato."

Christophe sorrise. "Cosa posso dire? Sono un uomo dai molti talenti."

"Perché abbiamo bisogno di protezione?" Sapevo esattamente il motivo, ma volevo una risposta sincera da Christophe. Se la polizia pensava che la morte di Carla fosse un incidente, la sua presenza non aveva senso.

"Niente che tu debba sapere, in questo momento." Disse Christophe.

"Come facevi a sapere che saremmo state qui?" Chiesi. "E Rocco? È lui quello che ha davvero bisogno di protezione in questo momento." Volevo delle risposte, ma non riuscivo ad andare lontano.

"Non preoccuparti di lui. Non ci può sfuggire. Abbiamo pensato a tutto. Ora lasciate che faccia il mio lavoro e starete tutti bene," disse Christophe.

"Non abbiamo bisogno di protezione," protestò zia Pearl. "Siamo perfettamente in grado di prenderci cura di noi stesse."

Afferrai zia Pearl e la trascinai in cucina. "È la nostra possibilità per fare giustizia per Carla. Dobbiamo mostrare a Christophe il rapporto dell'autopsia."

"Non possiamo. Probabilmente lui è corrotto come tutti gli altri. Sono convinti che Carla sia morta per un incidente e io non voglio alzare un polverone. Non c'è molto che io possa fare per la loro incompetenza."

"Di tutte le persone, pensavo che tu avresti cercato a tutti i costi di ottenere giustizia per la tua amica. Mi accusi di non applicarmi con la magia. Beh, tu non ti sforzi molto nella vita reale." Scossi la testa. "Pensavo che Carla fosse tua amica. Non ti importa di lei?"

"Certo che sì. Ma ci sono altri modi di fare giustizia."

"Nessuna delle tue idee ha funzionato finora. In effetti, ci stai cacciando in guai sempre maggiori. E il povero Wilt ora deve cercare di salvarsi la vita, tutto perché l'hai messo nei pasticci con il tuo assurdo sistema di contare le carte. Devi smettere subito con le tue sceneggiate magiche, prima di mandare all'aria qualunque indagine stia conducendo la polizia." Non mi era ancora chiaro cosa fosse e speravo di riuscire ad avere qualche informazione da Tyler.

"Dammi il rapporto dell'autopsia." Stesi la mano.

Zia Pearl si allontanò, i palmi delle mani stesi. "Sembra che l'abbia messo nel posto sbagliato."

"Sarà meglio che lo trovi. A meno che quel rapporto non fosse stato creato da te."

Gli occhi di zia Pearl si inumidirono di lacrime. "Certo che no. Non creerei mai qualcosa del genere. Sarebbe orribile."

"Ti dò una possibilità di fare la cosa giusta, zia Pearl." Indicai verso il soggiorno. "Dall'altra parte della porta ci sono due persone che ci possono aiutare. Gli fornirai la prova che Carla è stata strangolata o hai intenzione di nascondere quello che sai?"

"Ok, va bene. Faremo come vuoi tu." Mi indirizzò verso la porta della cucina e mi ci spinse attraverso. "Non dobbiamo perdere tempo. Jimmy verrà a cercarci."

"Io chiamo Wilt." La superai e mi diressi al patio per cercare Wilt. Aprii la porta finestra e uscii. Percorsi tutto il terrazzo ma non lo vidi. Cominciai a correre, ripercorrendo i miei passi e controllando meticolosamente ogni angolo e nascondiglio dell'area che girava tutto intorno all'appartamento. Mi sporsi sulla ringhiera per guardare di sotto, sulla strada lontana, dove persone che sembravano macchioline giravano intorno all'ingresso dell'albergo.

Wilt era sparito senza lasciare tracce.

Corsi verso le porte e quasi mi scontrai con zia Pearl. "Se n'è andato."

Il labbro inferiore di zia Pearl tremò. "Come ha fatto?"

"L'hai aiutato, vero? Perché non c'è nessuna possibilità che abbia lasciato il ventiseiesimo piano di questo albergo senza l'aiuto della magia."

"Forse." Gli occhi di zia Pearl scattavano in tutte le direzioni.

"Scappare non risolve niente, zia Pearl. In effetti, rende la situazione ancora più grave per Wilt. È da solo e non riesce nemmeno a pensare chiaramente. Trovalo, zia Pearl."

Wilt era di gran lunga troppo trasandato e disorganizzato per portare a termine un crimine, figuriamoci un assassinio. Non era nemmeno riuscito a seguire il complicato schema di conteggio delle carte di zia Pearl.

Ma forse non era colpa di Wilt, dopo tutto. Ritornai con la mente ai commenti del giovane in ascensore. Era sembrato completamente all'oscuro del fatto che qualcuno contasse le carte. I racconti di zia Pearl avevano così tanti punti oscuri che non sapevo da dove cominciare. "Entriamo e diciamoglielo."

Zia Pearl incrociò le braccia. "No."

"Wilt può scappare dalla polizia, ma non può sfuggire all'organizzazione di La Manna per sempre. Dovunque vada lo scoveranno e si vendicheranno. Allora sarà troppo tardi. Almeno con la polizia sarà protetto e in custodia."

Per la prima volta zia Pearl vacillò. "Immagino che tu abbia ragione. Lo rintracceranno e io non posso proteggerlo per sempre con la mia magia."

"Bene. Allora siamo intesi." Agganciai la mano attorno al suo braccio ossuto e la guidai attraverso la porta. "Voglio che tu racconti tutto a Christophe e Tyler."

"Sei sicura? Tutto?"

"Lascia da parte le cose magiche, ovviamente. Raccontagli tutto il resto, compresa le relazioni romantiche e i matrimoni di Carla, finti o veri."

Entrai e diedi la notizia. "Wilt se ne è andato."

"È impossibile. Avrebbe dovuto passare proprio davanti a noi. E non avrebbe potuto saltare giù per tutti quei piani e sopravvivere." La mamma si portò la mano alla bocca e comprese cos'era successo davvero.

Zia Pearl tossicchiò.

"Non è vero," sussurrò la mamma stringendo il braccio della sorella. "L'hai aiutato, è così?"

"Ahi!" Zia Pearl diede una manata sul braccio della mamma. "Dovevo fare qualcosa. Altrimenti, Wilt è già morto se Manny riesce a prenderlo."

La bocca di Tyler si aprì per la sorpresa. "Hai aiutato Wilt a scappare? Ma se era fuori…"

Il commento di Tyler mi suonò strano dato che non poteva sapere cosa fosse successo poco prima giù al casinò. "Lo troveremo. Possiamo parlare dei dettagli più tardi, ma zia Pearl ha delle informazioni più urgenti per voi, giusto zia Pearl?"

"Mmhh," borbottò.

"Racconta, Pearl," disse Tyler. "Non tralasciare nessun dettaglio. Abbiamo a che fare con gente senza scrupoli."

Cominciai a sudare. "Raccontagli degli uomini di Manny e di come si sono infiltrati nella sicurezza dell'albergo. La fuga di Wilt sarà evidente dai video di sorveglianza, è condannato."

Zia Pearl annuì. "Potrebbe essere già troppo tardi."

CAPITOLO 33

Zia Pearl si diresse all'ingresso, con il borsone ancora appeso alla spalla." So dove trovare Wilt."

"No, Pearl," disse Tyler. "Non vai da nessuna parte."

Zia Pearl lo incenerì con lo sguardo ma tornò nel soggiorno.

Christophe andò verso le porte della veranda. Parlò a bassa voce al cellulare. Meno di un minuto più tardi, tornò al divano. "Sono sicuro che troveremo Wilt piuttosto in fretta. Ma le persone innocenti di solito non spariscono così. Da cosa sta scappando?"

"Da Manny, ovviamente," disse zia Pearl.

"Ne dubito," disse Christophe. "Era protetto dalla polizia in una suite sicura. Perché avrebbe dovuto andare all'esterno ad affrontare Manny se non ci fosse qualcos'altro sotto?"

"Non lo sopporto più! Ma certo che c'è qualcos'altro sotto. Solo che voi siete troppo stupidi per vedere. È la chiave di tutto quello che è successo." Zia Pearl si strinse la testa tra le mani. "Non riuscite a immaginarlo, quindi tanto vale che ve lo dica. Danny ha ucciso Carla. Wilt ha visto tutto."

"Danny 'Bones' Battilana? È impossibile, era già morto. Voglio dire, lo abbiamo anche visto al funerale." Christophe mi fissò e si schiarì la gola.

"Questo non vuol dire che sia morto prima di Carla," dissi.

Christophe scosse la testa. "Certo che sì. Lui era già nella parte inferiore della cassa. Tra l'altro, la morte di Carla è stata giudicata un incidente."

"Beh, so da fonte sicura che non è così che sono andate le cose." Zia Pearl incrociò le braccia in atteggiamento di sfida.

"Non vedo come. Siete arrivati tutti dopo la morte di Carla, compreso Wilt. Come avrebbe fatto ad assistere alla morte di Carla?" Christophe si accigliò.

Io tornai con la mente al disastro della bara. "C'è ancora una cosa che non mi torna. Al funerale, Bones sembrava così… così…" Faticai a trovare le parole giuste.

"Come se fosse scaduto?" Chiese la mamma.

"Sì," dissi. "A giudicare dalle condizioni del suo corpo, probabilmente era morto prima di Carla."

"No, non è così.," disse zia Pearl. "Carla è stata imbalsamata, ma Danny no. Ecco perché aveva un aspetto così brutto. Oltretutto, qualunque imbalsamatore degno della sua professione avrebbe mascherato il buco di pallottola sulla fronte."

Gli occhi di Christophe si strinsero. "Sembra che tu sappia molte cose."

Zia Pearl scosse la testa. "A dire il vero, no. Sono solo una brava osservatrice."

"Beh, una cosa è evidente. Rocco non avrebbe mai nascosto Danny nella bara di sua nonna," disse la mamma.

"Non esserne così sicura," disse Christophe. "La gente commette azioni disperate per nascondere le proprie tracce."

"Possiamo ritornare sull'argomento?" Zia Pearl aggrottò le ciglia. "Wilt mi ha chiamata non appena è successo."

"Ma quando? Non siamo partiti per Vegas fino a…"

"Ci sono cose come i telefoni e le email, Cen."

Mia zia era notoriamente negata per la tecnologia, quindi dubitai che avesse utilizzato quei metodi. Ogni comunicazione doveva essere stata fatta di persona. "Quando sei stata l'ultima volta a Vegas?"

Zia Pearl strizzò gli occhi. "Un po' di tempo fa."

"Quando, esattamente?" Christophe scarabocchiava appunti su un piccolo taccuino che aveva estratto dalla tasca della camicia.

"Un paio di giorni fa."

La mamma trattenne il fiato. "Prima della morte di Carla? Perché non ne hai mai parlato finora?"

"Non me l'hai chiesto." Zia Pearl fulminò la mamma con lo sguardo. "Ah, un'altra cosa. Nessuno ha chiesto la tua opinione. Tutte le tue supposizioni stanno solo confondendo le cose."

La mamma si ammosciò visibilmente.

"Carla mi ha convocata qui. Ha detto che si trattava di un segreto ma quando sono arrivata era andata."

"Andata nel senso di morta?" chiese la mamma.

"Certo, nel senso di morta." Zia Pearl camminava avanti e indietro davanti alle porte della veranda. "L'ho trovata nella piscina. Mi addolora pensare che se n'è andata a pochi metri da noi."

"Questa suite era la sua casa," disse zia Pearl.

"Ma... Io sono stata in quella piscina." La voce di Mamma si spezzò.

Christophe guardò da un'altra parte, chiaramente a disagio.

"La polizia ha concluso che si trattava di un incidente senza nemmeno guardarsi intorno," disse zia Pearl. "Caso chiuso. La polizia locale o è incompetente o corrotta."

Tyler si arrabbiò. "Non fare accuse senza averne le prove, Pearl. Questo è il mio vecchio lavoro e conosco la maggior parte di loro. Nessuno dei poliziotti con cui ho lavorato insabbierebbe un assassinio."

Odiavo prendere le parti di zia Pearl, ma aveva una buona ragione. "C'era qualcosa di strano nel modo in cui hanno trovato Carla, nella piscina con il volto verso l'alto. Le vittime di annegamento sono per lo più con la faccia nell'acqua."

Questo attirò l'attenzione sia di Christophe che di Tyler. Christophe scribacchiò qualcosa.

L'ultima cosa di cui avevamo bisogno era che Tyler e zia Pearl si scontrassero.

La mamma si portò la mano alla bocca. "Come avete potuto non dirmi niente? Mi avete lasciata andare nella piscina."

Pearl scacciò la sorella con un gesto. "È esattamente per questo che non ho detto niente. Reagisci sempre in modo esagerato."

"Forse Carla è caduta proprio come ha fatto la mamma. Solo che nel suo caso l'incidente è stato fatale." Lo dissi più per incoraggiare zia Pearl, che sembrava riluttante a raccontare i dettagli. Non potevamo perdere altro tempo cercando di andare al nocciolo della storia.

"No. Carla è stata strangolata." Zia Pearl tirò fuori il rapporto dell'autopsia dalla tasca e lo passò a Christophe. "Il medico legale lo ha stabilito, proprio qui in questo rapporto."

"Dove l'hai preso?" Christophe si accigliò.

"Lascia stare," scattò zia Pearl. "Lo vuoi leggere o no?"

Christophe non rispose. Fece scorrere il dito lungo il rapporto mentre leggeva. "Niente acqua nei polmoni. Questo è strano."

"Ora mi credete?" Gli occhi di zia Pearl si inumidirono di lacrime.

"Non so cosa fare con questo," disse Christophe. "Bones è già morto. Io conosco il medico legale piuttosto bene ed è al di sopra di ogni sospetto. La mia fonte mi ha detto che la dottoressa aveva dichiarato che era stato un tragico incidente. Non riesco a immaginare che possa aver nascosto delle informazioni o un rapporto medico."

"Beh, forse la tua 'fonte' ha mentito." Zia Pearl fece con le mani il segno delle virgolette. "Il medico legale e Wilt sono gli unici che sanno la verità. E Wilt è l'unico testimone dell'omicidio di Carla. Questo è il vero motivo per cui è scappato."

"Sarà meglio che ci aiuti a trovarlo, Pearl," disse Tyler. "Potrebbe già essere troppo tardi."

CAPITOLO 34

Manny e i suoi sgherri erano già sotto sorveglianza e Christophe diramò un avviso di ricerca per Wilt. Sospettavo che non sarebbe rimasto nascosto a lungo, soprattutto viaggiando con quell'enorme camper. Mi nacque una scintilla di speranza che forse, dopo tutto, Wilt avrebbe potuto cavarsela.

"Se il racconto di Wilt corrisponde a verità, immagino che sia davvero stato il marito a farlo," disse Tyler. "Succede così la maggior parte delle volte."

"Raccoglieremo la dichiarazione di Wilt non appena lo troviamo." Christophe si girò verso zia Pearl. "Nel frattempo, raccontami tutto quello che sai."

Zia Pearl alzò le mani con i palmi in fuori. "Non c'è altro…"

"Il falso matrimonio," suggerii.

"Ah, quello." Zia Pearl mi incenerì con lo sguardo. "Bones faceva la parte del marito sofferente, ma in realtà puntava a una sola cosa: l'impero dei Racatelli. Ha costretto Carla a sposarlo. Se non lo avesse fatto, minacciava di uccidere Rocco. Carla acconsentì, ma lo imbrogliò. Tutti i documenti del matrimonio erano fasulli. La licenza di matrimonio, la cerimonia, tutto."

Mi tornò in mente il fatto che Rocco mi aveva raccontato dell'accordo prematrimoniale. Sembrava evidente che non era vero... solo un modo in cui Carla voleva acquietare Rocco in modo che non si sentisse minacciato. "Bones ha pensato che, uccidendo Carla, avrebbe ereditato le proprietà dei Racatelli. Avrebbe tagliato fuori Rocco, almeno dal punto di vista finanziario."

La mamma fece un sospiro di sollievo. "Grazie a Dio, il matrimonio era falso. Significa che l'eredità di Rocco è salva. Almeno da Bones."

Zia Pearl alzò la mano. "E cosa ci fanno le persone di Manny La Manna in albergo? Lui ha già sue persone all'interno e sta cercando di prendere il comando. È infiltrato nelle operazioni del casinò."

Zia Pearl si girò quindi verso Christophe. "È per questo che sei qui? Per il tentativo di Manny di prendere il potere?"

"Non posso rispondere a questa domanda, Pearl. Quello che ti posso dire è che voi siete al sicuro finché restate qui."

"La rivalità tra le famiglie Racatelli, Battilana e La Manna è in corso ormai da molto tempo," disse Tyler. "Non è davvero un segreto. La sparatoria nella lobby è stato solo uno dei tanti momenti in cui le ostilità si sono riaccese."

Zia Pearl scosse la testa. "Che peccato. Manny era l'unico vero amore di Carla. Stavano davvero bene insieme."

Io mi accigliai, pensando che zia Pearl stava con Manny. "M-ma tu..."

"Ti ho detto che Manny per me era solo un flirt," scattò. "Quando Carla mi ha parlato dei suoi sentimenti per lui, io l'ho lasciato subito. Non approvavo la sua scelta di sposarlo, ma chi sono io per mettermi sulla strada della sua felicità?"

Feci uno sforzo per respirare. "Ha sposato anche Manny? Davvero?"

Zia Pearl annuì. "Quel matrimonio era vero. In effetti, è stato solo qualche ora prima che morisse. Era un segreto e io ero una degli unici due testimoni. L'altro era Rocco."

Ora le cose cominciavano ad avere un senso. "La sparatoria non era davvero per l'impero Racatelli, vero?" Era per il matrimonio. Rocco non era d'accordo e Manny non avrebbe lasciato che gli mettesse i bastoni tra le ruote. Penso che Manny abbia ottenuto quello che voleva, dopo tutto."

Zia Pearl cominciò a piangere. "Ho fatto quello che ho potuto, ma non è stato sufficiente."

Avevo visto molte volte mia zia sul punto di piangere, spesso nelle ultime ventiquattro ore. Ma non l'avevo mai vista in lacrime. Le misi un braccio intorno alle spalle e l'abbracciai. "È tutto a posto, hai fatto del tuo meglio. Avrei solo voluto che tu ci avessi detto la verità dal principio. Sarebbe stato tutto più facile."

Facemmo entrambe un salto al suono del cellulare di Christophe.

Lui si alzò e si diresse verso la cucina. Parlò a voce bassa ma a giudicare dal linguaggio del corpo si sarebbero dette buone notizie."

"Sono sulle tracce di Wilt, non è mai troppo presto. Gli sgherri di Manny lo stanno seguendo. Spero che arriviamo noi per primi."

La mamma rabbrividì.

"Ci sono alcune cose di cui ci dobbiamo occupare, zia Pearl. Come raccogliere i documenti di Carla. I certificati di matrimonio, per cominciare. Serviranno a supportare il tuo racconto."

La mamma si alzò, un po' instabile. "Vi aiuto."

* * *

Ci vollero meno di dieci minuti per trovare i documenti nel cassetto della scrivania di Carla. "Questi mi sembrano autentici." Indicai il certificato di matrimonio di Danny e Carla e passai i documenti a Tyler.

"Non vedo perché non dovrebbero essere autentici," disse. "Carla e Bones avevano una licenza valida e alla cerimonia hanno testimoniato Rocco e il direttore dell'albergo. Dov'è la parte finta?"

Zia Pearl sbiancò. "La licenza di matrimonio… io pensavo fosse fasulla."

"Mmhh-mmhh," disse Tyler. "Viene dalla cappella per matrimoni alla fine della strada. Il matrimonio era reale, valido."

Christophe si accigliò. "Rimane una sola domanda e penso di sapere già la risposta. Chi ha ucciso Bones?"

CAPITOLO 35

Se Christophe e Tyler si erano stancati della versione continuamente rimaneggiata della storia di zia Pearl, non lo davano a vedere.

"Dobbiamo ottenere un resoconto sincero da Wilt," disse Christophe. "Forse lui è più di un testimone."

Tyler annuì. "Forse ha ucciso lui Carla. Non ha un alibi ed è stato l'ultimo a vederla viva." Tyler si girò verso zia Pearl. "Almeno, secondo la versione della storia fornita da Pearl."

"Cosa dovrebbe significare, questo?" Zia Pearl si accigliò.

Tyler non rispose.

"Lo scopriremo al più presto." Christophe gettò il suo telefono sul tavolo. "Abbiamo Wilt. È salvo."

"Che sollievo." Disse Mamma.

"Ve l'ho già detto. Non è stato Wilt." Zia Pearl pestò il piede frustrata. "Bones ha ucciso Carla pensando che, essendole sopravvissuto come marito, avrebbe ereditato tutto."

"Forse Rocco l'ha convinto a farlo e dopo ha ucciso Bones," disse Tyler. "Con Bones, vedovo di Carla, andato, Rocco eredita tutto."

"È ancora più ridicolo," scattò zia Pearl. "Smettetela di fare supposizioni e guardate i fatti."

"Forse Manny La Manna ha ucciso Carla," dissi.

"Manny non avrebbe mai fatto niente del genere." Zia Pearl sembrò quasi offesa dalla mia idea.

"Pensi che questi tizi abbiano un senso morale?"

Zia Pearl mi fulminò con lo sguardo.

"Com'è che sai tante cose di questa gente?" Christophe si strofinò il mento. "E, a questo proposito, come facevi a sapere che Manny aveva infiltrati in albergo, Pearl? Sembra che tu sappia davvero un sacco di cose per essere una spettatrice innocente."

Mi sentii percorrere la schiena dai brividi ripensando al funerale, quando Christophe era sembrato così intimo di Manny. Se Tyler si fidava di lui, doveva essere un tipo a posto, ma io mi sentivo comunque a disagio. "Raccontalo, zia Pearl."

"Prima voglio l'immunità giudiziaria."

"Non funziona come in televisione, Pearl." Sorrise Christophe. "E comunque, non ho l'autorità per garantirtela. Solo il procuratore distrettuale può fare accordi di questo tipo. Posso, comunque, portarti in centrale per un lunghissimo interrogatorio."

Silenzio.

"Oppure, puoi collaborare e possiamo tralasciare le formalità." Sorrise Christophe. "Io so quale sceglierei."

"Va bene." Zia Pearl si rabbuiò e si lasciò cadere sul divano.

Fortunatamente Christophe non era interessato ai dettagli di come Wilt fosse riuscito a scappare, ma solo nel trovarlo. Prese il cellulare che stava suonando e parlò. "Bene, ci vediamo tra dieci minuti."

Christophe si girò verso zia Pearl. "Porteranno qui Wilt tra pochi minuti. Nel frattempo, voglio che tu mi racconti tutto quello che sai di Manny. Sono tutto orecchi. Puoi cominciare subito."

* * *

ZIA PEARL FINÌ il suo racconto dieci minuti dopo, senza citare il coinvolgimento romantico. Questo non mi sorprese minimamente, considerato che i suoi racconti erano in contrasto con quelli di Mamma. Una delle due stava mentendo e non avevo dubbi su quale fosse.

Zia Pearl fu incredibilmente aperta con Christophe su Manny e l'infiltrazione nella squadra di sicurezza. Fornì anche spontaneamente alcune informazioni sulle organizzazioni criminose di Racatelli, Battilana e La Manna di cui Christophe sembrava essere all'oscuro.

Almeno, si comportò come se fosse sorpreso. Probabilmente era proprio così: una recita. Era un attore davvero bravo, come, ovviamente, doveva essere un buon agente che lavorasse in incognito. Per quanto riguarda la sua recita da maggiordomo tutti noi avevamo abboccato all'amo con lenza e galleggiante.

"È tutta colpa mia," singhiozzò zia Pearl. "Stavo solo cercando di aiutare Wilt. Ho promesso a Carla che mi sarei occupata di lui se a lei fosse accaduto qualcosa."

La mamma riuscì a stento a respirare. "Conoscevi Wilt prima che venisse a Westwick Corners?"

Zia Pearl annuì. "È venuto da me per chiedere aiuto. Tutto quello che ho fatto è stato dargli una mano."

Io sollevai le sopracciglia.

"Ok, quindi probabilmente si tratta di problemi con il gioco d'azzardo. Questa è Vegas, dopo tutto."

"Continua." Christophe prese di nuovo il suo cellulare. "Va bene se registro tutto?"

Zia Pearl annuì.

"Da chi scappava, Wilt?" Risposi alla mia stessa domanda. "Da Bones? L'omicidio ha a che fare con Wilt?"

Zia Pearl annuì lentamente. "Più o meno."

"Cosa significa 'più o meno'?"

"Wilt aveva un grosso debito di gioco. Quando scoprì che il suo debito in origine veniva da Bones si sentì mortificato. Pensò che Bones volesse ucciderlo. Ma Bones non lo avrebbe mai fatto, se non altro perché non gli sarebbe servito negli affari. I morti non ripagano mai i loro debiti, mentre gli uomini spaventati, sì. Ma Wilt non se ne rendeva conto. È così ingenuo. Ho dovuto aiutarlo."

Mi cascò la mandibola. All'improvviso, il problema con il gioco di Wilt aveva un senso. "Wilt non è nuovo a Vegas, vero?"

"No," disse zia Pearl a voce bassa. "Wilt in qualche modo doveva trovare i soldi e io ho pensato che non ci fosse niente di male ad aiutarlo. Wilt e io eravamo una squadra, ma Manny e Bones hanno scoperto tutti e due il nostro modo di contare le carte. Bones ha minacciato di informare Manny e io sapevo che Manny non avrebbe esitato a ucciderci tutti e due se non avessimo smesso."

"Beh, perché non avete smesso? Questo dà a tutti e due un movente per uccidere Bones. Hai infilato tu quella pallottola nella sua fronte?" Io sapevo già la risposta, ma dovevo chiedere.

Zia Pearl singhiozzò sommessamente. "No, è stato Wilt."

CAPITOLO 36

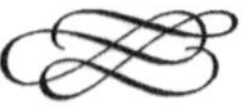

"Wilt un assassino? Non posso crederci." Mi alzai e cominciai a camminare avanti e indietro.

Zia Pearl sospirò. "Chiunque può spezzarsi, Cen. Soprattutto se c'è di mezzo la famiglia."

"Cosa intendi dire? Chi è la famiglia di Wilt?" Mi portai la mano alla bocca. "Wilt è parente di Bones?"

Zia Pearl annuì. "Wilt è il nipote di Bones. Ha fatto anche il test del DNA per provarlo, ma Bones continuava a negare. Sosteneva che Wilt fosse un impostore, che aveva in qualche modo manipolato i risultati del test."

"Come fai a essere sicura che Wilt dice la verità? Magari ha inventato tutto."

Zia Pearl scosse la testa. "È stato Wilt a scoprire il collegamento. Mi ricordo di quando Wilt è nato e conoscevo la sua famiglia. Lui era solo un bambino quando lui e la mamma, Della, spettatori innocenti, furono coinvolti in una sparatoria tra gang. Morì anche il padre di Wilt, che però aveva preso parte alla sparatoria.

"Wilt non morì quel giorno, ma all'epoca non lo sapevamo. Della lo aveva protetto con il suo corpo e questo gli ha salvato la vita. Carla lo scoprì solo molti anni dopo. Era un segreto, lo sapevano solo Bones e quelli che lo avevano aiutato a tenere tutto nascosto. Per farla breve, quel giorno Wilt perse i suoi genitori.

"Bones si sentiva così colpevole per la morte della figlia che non riusciva nemmeno a guardare il nipote. Ufficialmente, il corpo di Wilt non è mai stato trovato. Ufficiosamente, è stato affidato a una famiglia adottiva con un'altra identità. Wilt era troppo giovane per sapere la verità sui suoi genitori o sul nonno che lo aveva disconosciuto. Bones mandava alla famiglia adottiva dei soldi ogni mese ma lo teneva segreto. Wilt è cresciuto senza sapere niente della sua vera identità."

"Ma allora come..."

"Carla ha scoperto dei pagamenti segreti dopo aver sposato Danny e si è chiesta cosa fossero. Ha incaricato un investigatore di indagare sulla famiglia adottiva. I pagamenti risalivano a decenni prima, circa all'epoca della sparatoria in cui erano morti i genitori di Wilt e, si supponeva, lo stesso Wilt. Lei si era sempre chiesta come mai il corpo del bambino non fosse mai stato ritrovato. A quel punto tutto aveva un senso."

"Ma come poteva essere sicura che fosse lui?"

"Quella voglia sulla fronte è unica. Ha sempre lo stesso aspetto di quando era un bambino," disse zia Pearl. "Potete immaginare come la situazione sia precipitata quando lei ha cercato di rimettere insieme Wilt e Bones."

Trattenni il fiato. "Carla lo ha affrontato?"

"Certo che sì. Lei voleva che Danny riconoscesse il nipote. Aborriva l'idea che Wilt fosse cresciuto in povertà tutelato dal governo quando a pochi chilometri suo nonno viveva in mezzo al lusso più sfrenato."

"E Bones, intendo Danny, voleva ancora tenerlo nascosto dopo tanti anni. Faceva finta che Wilt non fosse mai esistito." Forse Wilt sarebbe stato meglio senza aver mai saputo che suo nonno era Danny 'Bones' Battilana. Al momento questo non gli stava portando grandi vantaggi.

Zia Pearl annuì. "Carla lo ha costretto a parlarne e alla fine lui ha ammesso l'esistenza di Wilt. Ovviamente questo lo faceva sembrare cattivo e lui non voleva assolutamente che si sapesse."

Mi rabbuiai, pensando che anche questo dava a Wilt un buon motivo per uccidere Bones. "Perché Carla ha aspettato tanto per tirare fuori la verità?"

"Si è sempre sentita colpevole e aveva paura di Bones. Ma, più il tempo passava, più il pensiero la tormentava. Non voleva che Wilt diventasse vecchio senza mai sapere. L'idea che avrebbe potuto mettere le cose a posto la divorava dall'interno. Alla fine, ha vinto la sua coscienza."

Mi venne un'illuminazione. "È per questo che Bones ha ucciso Carla, vero? Non era per il controllo degli affari dei Racatelli. Era perché voleva che l'esistenza di Wilt restasse un segreto a qualunque costo."

Zia Pearl annuì. "Bones ha strangolato Carla, poi l'ha messa nella piscina per farlo sembrare un incidente. Se l'è anche cavata, perché non verrà mai accusato." Incenerì Christophe con lo sguardo.

"È morto, alla fine non se l'è cavata poi tanto," sottolineai.

"Se mi fornisci prove sufficienti, posso sempre far riaprire il caso," disse Christophe.

Zia Pearl indicò il rapporto dell'autopsia. Lo passò a Christophe. "Come dice il medico legale, Carla era morta prima di arrivare nell'acqua."

"Non c'era acqua nei polmoni perché era già morta." Indicai la parte in fondo alla pagina. "La sua morte è stata classificata come omicidio, ma la polizia l'ha definita un incidente." Speravo solo che il documento fornito da zia Pearl fosse il vero rapporto dell'autopsia e non qualcosa creato da lei.

Christophe prese i documenti da Pearl. "Me la vedo io con il medico legale."

Zia Pearl sembrava sempre più a disagio a mano a mano che parlava. Continuava a guardare l'orologio e una sottile linea di sudore le imperlava la fronte. C'era il rischio che cercasse di fuggire e non si sarebbe incriminata da sola senza un piccolo incoraggiamento. Mantenni la mia mano sulla sua schiena e le feci segno di sedersi sul divano. "Continua."

"So solo quello che mi ha detto Wilt," disse zia Pearl. "Quando

Carla gli ha detto la verità lui voleva affrontare suo nonno. Aveva il cuore spezzato al sentire che l'unico parente, sangue del suo sangue, lo aveva abbandonato. Sfortunatamente, Wilt aveva un problema con il gioco che continuava a peggiorare. Prima che avesse avuto la possibilità di confrontarsi con Danny, aveva accumulato un enorme debito."

"Ma tu hai incontrato Wilt solo a Westwick Corners," dissi. "Mi hai detto che andavamo a Las Vegas per il funerale di Carla."

"Come pensi che abbia saputo del funerale di Carla, all'inizio?" Zia Pearl si alzò dal divano e cominciò a camminare avanti e indietro. "Wilt mi ha cercata subito dopo la morte di Carla. Si era segretamente riunita a Wilt qualche mese fa."

"Riunita? Non capisco."

"Carla è la nonna di Wilt. È stata come una madre per Della ed è sempre stata molto affezionata a suo figlio. È stata lei a dire la verità a Wilt sulla sua identità." Zia Pearl si asciugò una lacrima dalla guancia. "Carla mi ha chiamata e mi ha chiesto di proteggerlo in caso di bisogno. Poi, all'improvviso, è morta. Allora Wilt è venuto da me. È stato testimone dell'omicidio di Carla perché stava proprio qui nella suite."

"Perché non hai detto niente di tutto questo alla polizia prima?" Ora capisco perché Wilt preferiva stare nel camper piuttosto che qui.

"Bones ha sempre fatto quello che ha voluto e non ci sono mai state ripercussioni," disse zia Pearl. "Non volevo mettere Wilt in pericolo perché Bones non avrebbe lasciato consapevolmente in vita nessun testimone. Ovviamente, ora non ha più importanza."

"Forse, ma ora lui è morto, quindi non è proprio vero che se l'è cavata con l'omicidio."

"No, ma i giorni del povero Wilt sono contati, anche con la protezione della polizia."

"Aspetta un secondo… se Carla è morta per prima e Bones, legalmente suo marito, è morto per secondo, Wilt non risulta essere l'erede vivente, al posto di Rocco?"

Zia Pearl annuì lentamente. "Ora capite qual è il mio problema? Non è finita proprio per niente."

CAPITOLO 37

Due poliziotti in uniforme portarono nella suite un Wilt abbattuto e dall'aspetto esausto. "Siete sicuri che dobbiamo portarlo qui?"

Christophe annuì. "Volevo controllare prima alcune cose. Voi ragazzi restate all'ingresso e controllate l'ascensore. Non voglio che nessuno venga qui, chiaro?"

Il più vecchio dei due agenti annuì e se ne tornarono verso l'ingresso con le pistole spianate.

Wilt sollevò i polsi ammanettati. "È stato un incidente. Io ho solo puntato la pistola a Danny ma lui ha lottato per prendermela ed è partito un colpo. Non ho mai voluto ucciderlo."

"Non dire altro finché non troviamo un avvocato." Zia Pearl fece un movimento di taglio con la mano attraverso la gola prima di gettarmi il cellulare. "Cen, chiamane uno."

Presi il cellulare di mia zia e aggrottai le ciglia. "Avresti potuto prestarmi il tuo telefono anche prima." Non me lo aveva lasciato di proposito.

"Tu non c'entri, Cen." Zia Pearl si girò verso Christophe e lo fulminò con lo sguardo. "È stata autodifesa. Qualunque scemo lo capirebbe."

Christophe la ignorò. "Perché lo hai fatto, Wilt? Perché hai aspettato tanti anni?"

"Non ho aspettato. Non avevo idea di avere alcun parente in vita finché Carla non me l'ha detto, qualche giorno fa. Pensava che fosse mio diritto sapere che ero un Battilana, anche se Danny lo negava."

Zia Pearl alzò la mano. "Wilt… ferma."

"No, voglio parlare, con o senza avvocato. Voglio che sia tutto chiaro." Wilt fece un respiro profondo. "Stavo dormendo di sopra il giorno che Carla è morta. Mi svegliai perché sentii discussioni e grida provenire dalla veranda. Riconobbi la voce di Carla e capii che stava litigando con un uomo. Quando il tono delle voci si alzò, io corsi fuori. Ma era troppo tardi. Non potevo più salvare Carla."

Christophe scribacchiò furiosamente nel suo taccuino poi prese il cellulare. "Ti dispiace se registro?"

Wilt scosse la testa. "Non ho niente da nascondere. Quando arrivai fuori, Danny aveva le mani attorno al collo di Carla. Poi la lasciò andare e lei cadde priva di sensi. Non respirava ma provai il massaggio cardiaco prima che Danny mi spingesse via."

"Povera Carla," disse zia Pearl. "Le ho detto di non farlo, di lasciare le cose come stavano. Ma lei insisteva che era la cosa gusta da fare. Quello è il vero motivo per cui Bones l'ha strangolata."

All'improvviso tutto aveva senso. La comparsa di Wilt alla stazione Gas & Go di Westwick Corners. Era venuto a chiedere aiuto a zia Pearl, l'amica più cara di Carla. Sfortunatamente per Wilt, zia Pearl non sempre pensava in modo logico. Il suo folle piano aveva solo peggiorato le cose, fino al punto di perderne il controllo.

"Poi cos'è successo, Wilt?" Chiese Tyler.

"I momenti successivi li ricordo vagamente. Danny mi ha colpito in testa con una sedia e ho perso i sensi. Quando mi sono ripreso, stava spingendo Carla in piscina. A quel punto ho preso la pistola da quel tavolino." Indicò un mobile in stile provenzale a poca distanza dalle porte della veranda.

"L'ho presa solo per spaventarlo. Non sapevo nemmeno che fosse carica, non avevo avuto tempo di controllare. Danny è venuto verso di me e mi ha gettato a terra. Il ricordo successivo che ho è che la pistola ha sparato. Per un secondo ho pensato che il colpo fosse andato in aria, ma poi Danny mi è caduto addosso. Ho capito che la pallottola lo aveva colpito."

"E allora mi hai chiamata," disse zia Pearl. "È stata autodifesa."

I miei occhi incrociarono quelli di Mamma e vidi che stava pensando la stessa cosa. Zia Pearl era potenzialmente complice dell'omicidio. Aveva quasi certamente aiutato Wilt a liberarsi del corpo.

Stranamente, Christophe non fece domande. Invece, si diresse all'ingresso per dire qualcosa agli uomini in uniforme, che qualche secondo dopo se ne andarono in ascensore.

"Manny La Manna è stato arrestato per riciclaggio e associazione a delinquere." Disse Christophe. "Ci sono altre accuse ma al momento non posso dire quali."

"Dov'è Rocco? Sta bene?" Immaginai la situazione di stallo tra Rocco e Manny e non ero sicura che Rocco ne sarebbe uscito illeso.

Christophe annuì. "Sta bene. Ci sta aiutando da un po' di tempo nell'indagine sulla famiglia La Manna. A differenza di Carla, non è mai stato coinvolto in attività criminose. Non ha mai voluto far parte dell'organizzazione Racatelli anche se, volente o nolente, ci era nato dentro."

"Perché non è qui?"

"Arriverà, quando avremo finito di interrogarlo. È stata sua l'idea che voi, signore, alloggiaste qui. Era sorpreso che foste venute ed era preoccupato per la vostra sicurezza."

Le relazioni tra le famiglie criminali mi mandavano in confusione, ma i matrimoni ancora di più. "Ma... e il matrimonio di Carla con Manny? Come marito di Carla non eredita tutte le sue proprietà?

"No," disse Christophe. "Il loro matrimonio è stato reale, ma anche nullo e quindi non valido, dato che Carla era già sposata a Danny. Dopo tutto, il falso matrimonio con Danny si è rivelato vero."

La mamma trattenne il fiato. "Era bigama. Ma allora chi è l'erede di Carla? Se è sempre Bones, intendo Danny, allora va tutto a Wilt."

Wilt agitò le mani ammanettate. "Io non voglio niente."

"E niente avrai. Bones non può ereditare perché ha ucciso Carla. Quindi Wilt non può ereditare da Bones. Quando tutte le scartoffie legali saranno sistemate, Rocco sarà l'unico erede. Proprio come prima," disse zia Pearl.

"Sei sicura che Rocco non..." Il campanello dell'ascensore suonò e la voce mi restò in gola. Manny era stato arrestato, ma magari aveva mandato uno dei suoi scagnozzi a prenderci.

Sembravo l'unica a essere preoccupata.

"Si, ne sono sicuro," disse Christophe. "L'abbiamo tenuto sotto controllo ventiquattr'ore su ventiquattro nelle settimane precedenti la morte di Carla e fino a questo momento. E, a proposito, eccolo."

Rocco entrò con passo deciso nella suite, raggiante. "Sono così sollevato che tutto sia finito. Ho bisogno di qualcosa di forte."

Zia Pearl piegò la testa in direzione di Christophe. "Chris, fai gli onori."

La mamma si alzò dal suo posto e zoppicò verso la cucina, fermandosi sulla soglia. "Scordatevi il margarita. Preparerò lo speciale spritz al vino di Christophe. Sapete, quello che rende le persone incapaci di intendere e di volere".

Mamma mi strizzò l'occhio. "Quel drink è perfetto per l'occasione. Ho già in mente alcuni modi per utilizzarlo."

CAPITOLO 38

Zia Pearl, Mamma e io eravamo sedute davanti a slot machine affiancate. Io ero stretta in mezzo a loro e mi sentivo in trappola. Ero bloccata lì finché Tyler non fosse tornato dalla centrale di polizia. Aveva accompagnato Christophe per fornire un po' più di retroscena sugli eventi delle ultime ore e, supponevo, salutare alcuni ex colleghi.

Come un automa abbassai la maniglia, sperando nei tre uguali inafferrabili. Eravamo lì da più di un'ora e io non avevo guadagnato niente. Zia Pearl, invece, sembrava aver imboccato una serie vincente.

Si sporse vicino a me. "Ho fatto un incantesimo a Manny per neutralizzarlo." Mi fece l'occhiolino. "Proprio come ho fatto con te e Rocco."

"Lo sapevo! Quegli strani sentimenti che avevo per Rocco non potevano essere reali. E non lo definirei proprio un incantesimo neutro."

"Ok, rovente." Rise zia Pearl.

"Mi hai manipolata. Come hai potuto farlo?" A parte essere una cosa subdola, aveva rischiato di rovinare la mia nascente relazione con Tyler. E, di sicuro, era proprio quello che voleva zia Pearl. L'idea che uscissi con lo sceriffo la faceva infuriare.

O no? All'improvviso mi vennero dei dubbi riguardo Tyler e me. E se lui non fosse stato realmente attratto da me? E se invece dei suoi sentimenti fosse tutto il risultato di un incantesimo di zia Pearl?

Come sarei riuscita a distinguere ciò che era reale da ciò che era artefatto?

Sarebbe stata la vendetta finale, un tocco di crudeltà. "Mi hai fatto altri incantesimi?"

"Come cosa?"

"Oh, non so. Qualche altro incantesimo d'amore?"

"Rilassati, Cendrine. Se tu avessi studiato almeno un po' di magia, avresti riconosciuto immediatamente l'incantesimo. L'avresti neutralizzato. È colpa tua."

"Ma Pearl..." La protesta di mamma cadde nel nulla.

Certo, avevo smascherato l'incantesimo, ma avevo deciso di stare al gioco. Con zia Pearl era sempre meglio essere molto cauti. Era completamente imprevedibile. Ma su una cosa aveva ragione.

Dovevo rispettare e sviluppare i miei talenti naturali. Forse, se avessi avuto tempo, se non fossi stata così impegnata a tirar fuori zia Pearl dai suoi molteplici disastri e fallimenti. Ma dipendeva da me trovare il tempo ed era proprio quello che avevo intenzione di fare.

Se mi ci fossi messa d'impegno, forse sarei anche riuscita a fare un incantesimo su zia Pearl per evitarle di mettersi nei pasticci. Questa nuova idea mi diede energia e non vedevo l'ora di mettermi allo studio della magia. Solo che questa volta avevo in mente di fare le mie lezioni in segreto, senza zia Pearl come insegnante. Le avrei fatto vedere.

Mi resi conto in quel momento che stavo facendo esattamente quello che zia Pearl avrebbe voluto dal principio. Solo che invece delle lezioni imposte da lei, avrei fatto tutto da sola.

"Non ti capisco, Pearl," disse la mamma. "Sei già miliardaria. Perché giochi alle slot machine?"

"Cavolo, potrei comprare questo posto," disse Pearl. "Sono più ricca di tutti voi messi insieme."

La incenerii con lo sguardo. "Non è necessario girare il dito nella piaga."

Zia Pearl rise. "Non durerà molto. Quello che resta dopo aver pagato gli avvocati per Wilt andrà al mio fondo di beneficenza preferito."

"Ah, quale sarebbe?" Chiese la mamma.

"La Westwick Corners Revitalization Society."

"Ma non esiste una società con quel nome." Tutto quello che avevamo era olio di gomito. Le continue lamentele di zia Pearl riguardo gli intrusi turisti erano l'opposto di ristrutturare le attività per attrarre persone. L'idea che avrebbe contribuito a portare visitatori a Westwick Corners era contraria alla logica. Non le credevo.

Mi sentii degli occhi addosso e mi girai trovandomi di fronte Rocco. L'attrazione fisica provata prima era passata, sostituita da qualcosa di nuovo. Invece del disprezzo che provavo per il vecchio Rocco, ora sentivo un sincero affetto. Gli anni e la distanza ci avevano cambiati entrambi e ora che l'incantesimo si era esaurito sentivo qualcosa che non avevo mai provato prima per lui.

Amicizia.

"Chi vuole venire a mangiare una bistecca?" Rocco fece un cenno verso la strada. "C'è un ristorante italiano molto carino qui nei pressi."

"Ci saranno dei gangster?" Chiese la mamma.

"Non posso garantire, ma spero di sì." Rocco guardò con malinconia verso il bar. "Mi mancherà questo posto, ma non il crimine e il gioco d'azzardo che gli girano intorno."

Zia Pearl diede uno sguardo furtivo. "Oh, no, guarda chi arriva."

Io incrociai lo sguardo di Tyler e sorrisi. "Può venire a cena con noi."

"Devi proprio invitarlo?" Zia Pearl aggrottò le ciglia. "Penso di aver perso l'appetito."

All'improvviso sentii il bisogno di provare l'incantesimo di amicizia che avevo studiato in segreto.

Feci schioccare le dita due volte poi, senza farmi sentire, pronunciai l'incantesimo. "Andiamo."

Zia Pearl sorrise quando Tyler infilò il suo braccio in quello di lei. "Cosa potrebbe esserci di meglio che una cena con una compagnia di così bell'aspetto?"

Tyler mi strizzò l'occhio e io gli sorrisi.
Zia Pearl non era l'unica con un asso nella manica.

CAPITOLO 39

Con la soluzione dell'omicidio di Carla e Wilt dietro le sbarre per l'omicidio di Danny 'Bones' Battilana non c'erano altri motivi per fermarsi a Las Vegas.

Era poco probabile che zia Pearl causasse altri guai, ma non mi sarei sentita tranquilla finché non avessi saputo che era al sicuro fuori da quella città. Insistetti perché lei e la mamma comprassero i biglietti per tornare a casa in aereo. Fatto quello, ci dirigemmo all'aeroporto.

Tyler camminava davanti a noi attraverso l'affollato aeroporto di Las Vegas, portando le valigie di Mamma e zia Pearl una per parte. La mamma stringeva una cartella con tutte le ricette dei drink di Christophe mentre zia Pearl portava una piccola borsa. Non avevo idea di cosa ci fosse all'interno ma decisi di non chiedere. Qualche volta era meglio non sapere, soprattutto se riguardava mia zia. Avrebbe dovuto passare i controlli di sicurezza, quindi non mi preoccupava.

Lasciai un po' di spazio in mezzo in modo che non fossimo a portata d'orecchio nell'aeroporto rumoroso. "Ricordati, nessuna magia sull'aereo. Rischi di spaventare il personale o i passeggeri. Potrebbe anche esserci un agente di bordo."

"Non usare la tattica della paura con me, signorina." L'umore allegro della zia era svanito. "Mi sono già rassegnata a restare imprigionata in quella scatola di sardine volante. Non c'è bisogno di rinfacciarmelo."

In un certo qual modo, era bello vedere che zia Pearl era tornata la solita irritabile.

"Non preoccuparti, Cen. Ci comporteremo normalmente." Mamma mi strinse la mano.

"Non devi seguirci per tutta la strada fino ai controlli di sicurezza. Siamo perfettamente in grado di pensare a noi stesse," protestò zia Pearl.

"Forse anche troppo," dissi. "Voglio assicurarmi che saliate sull'aereo." Ero sicura che la zia non avrebbe messo in atto alcun trucco, una volta sull'aereo. Ma finché non avesse passato i controlli, poteva sfuggire. Non mi facevo illusioni.

"Non capisco perché non possiamo usare un po' di magia," protestò zia Pearl. "Ruby e io avremmo potuto teletrasportarci indietro a Westwick Corners più rapidamente di quanto ci abbiamo messo per venire."

"Niente magie, zia Pearl. Almeno non finché non sarete a casa a Westwick Corners." Avevo organizzato in modo che zia Amber le andasse a prendere all'aeroporto di Shady Creek e le accompagnasse a casa.

Zia Amber aveva anche una posizione importante nel WICCA, quindi aveva i suoi motivi per assicurarsi che zia Pearl si comportasse bene. Qualunque punizione le avesse assegnato il WICCA sarebbe stata minima, ma almeno zia Pearl doveva rispondere a qualcuno. L'ultima cosa che avrebbe voluto rischiare di perdere era la sua licenza a praticare la magia.

Qualcuno dello *Shady Creek Tattler* sarebbe quasi certamente stato ad attendere l'arrivo di zia Pearl e di Mamma e questa era una storia che volevo che finisse bene. "Non fate niente di stupido che potrebbe danneggiare la nostra tranquilla esistenza a Westwick Corners."

Anche se tecnicamente avrebbe potuto teletrasportarsi quando non la vedevo o quando era sull'aereo, contavo sulla mamma perché la convincesse a non farlo. La gente di solito non sparisce dagli aerei e l'ultima cosa di cui avevamo bisogno era un incidente che avrebbe attirato l'attenzione internazionale. Dato che zia Pearl era già nei guai per aver contato le carte, ero abbastanza sicura che non avrebbe fatto niente di stupido.

Ci fermammo alcuni passi prima del cancello di sicurezza.

"Siamo fortunate che Wilt ha confessato tutto o tu avresti potuto non tornare a casa. Potresti essere chiusa in cella con lui." Lanciai un'occhiata alla mamma. "Tienila d'occhio e ci vediamo tra qualche giorno."

"Penso di aver bisogno di una vacanza dalla vacanza." Rise la mamma.

Ancora non mi era chiaro quanto zia Pearl avesse vinto alla lotteria. Sembrava comunque che avesse richiesto un avvocato di grido per la difesa di Wilt e per pagare la cauzione. Wilt aveva in progetto di partecipare a un programma di riabilitazione per le dipendenze dal gioco, in attesa del processo. Era in buone mani.

Ci fermammo al controllo di sicurezza e salutammo Mamma e zia Pearl prima dell'ingresso.

Mi girai verso Tyler e lo baciai sulla guancia. "Non posso credere che sei venuto fino a Las Vegas. Come facevi a sapere che avevo bisogno del tuo aiuto?"

"Solo un'intuizione. Avevo la sensazione che tu ci fossi dentro fino al collo." Mi tirò vicino a lui e premette le sue labbra contro le mie.

Non ero sicura se si stesse riferendo ai Racatelli o a zia Pearl, ma non avevo bisogno di una risposta. Avevo altre cose in mente.

Guardammo il volo di Mamma e zia Pearl decollare e poi tornammo al parcheggio dell'aeroporto dove era rimasto il camper. Avevamo deciso di riportarlo al concessionario di Shady Creek dove zia Pearl lo aveva preso.

Era saltato fuori che il camper era reale. Zia Pearl non l'aveva creato con la magia. Lo aveva preso per un test drive e non l'aveva mai riportato. Lo aveva fatto sparire quasi completamente una volta solo per confondermi. Era l'unica cosa a proposito di mia zia che fosse prevedibile: avrebbe deviato dal suo percorso per confondermi ogni volta che ne avesse avuto l'occasione. Superarmi in astuzia per lei era come un passatempo.

Tutto il resto era vero. Zia Pearl aveva davvero vinto la lotteria e Wilt era davvero il nipote di Danny 'Bones' Battilana.

Il sole occhieggiava tra le nuvole basse mentre percorrevamo l'autostrada verso nord. Avevamo superato sole, pioggia e infine una tempesta che aveva minacciato di farci ritardare sulle montagne tra il Nevada e la California del nord. Superammo il passo proprio nel momento in cui il cielo si apriva davanti a noi.

Guardai Tyler alla guida del camper. Era stranamente confortante essere in mezzo alla tempesta con lui e particolarmente romantico nel nostro rifugio su ruote.

I beni di Manny furono sequestrati e lui sarebbe rimasto in galera senza cauzione.

Rocco aveva deciso di vendere l'albergo e prendere le distanze dalla 'famiglia'. Un investitore anonimo gli aveva già fatto un'offerta generosa (con l'incoraggiamento di zia Pearl, ovviamente) che gli aveva consentito un'uscita tranquilla e in bello stile.

Mamma, zia Pearl e un po' di magia avrebbero consentito a Rocco un facile passaggio verso la sua nuova vita. Non ero sicura di cosa fosse esattamente, ma non importava.

"Ah, quasi dimenticavo." Tyler allungò un braccio dietro il sedile e mi passò la mia borsetta. "L'ho trovata sul sedile del passeggero quando ho fatto portare la tua auto a casa dalla stazione di rifornimento."

Frugai all'interno e ne tirai fuori il cellulare. Lo sbloccai, sollevata nel vedere che la batteria andava ancora. Controllai la segreteria. "Sembra che si sia già sparsa la voce. Lo *Shady Creek Tattler* vuole la mia storia. Anzi, vogliono assumermi su due piedi."

Tyler sorrise. "Accetterai?"

Alzai le spalle. "Non so. Magari ci dormirò su." Solo qualche giorno prima avrei accettato il lavoro a qualunque condizione. Ma dopo quest'ultima avventura avevo deciso che da quel momento in avanti le cose sarebbero andate alle mie condizioni.

Mi resi conto all'improvviso che la magia mi dava un vantaggio sugli altri giornalisti. Potevo avere storie che loro non avrebbero potuto, solo con il mio talento naturale. Perché era questo: un talento perfettamente naturale. Dovevo solo imbrigliare il potere di qualcosa che era già in me.

"Andiamo a casa." Sorrisi a Tyler mentre cercavo alla radio qualcosa di allegro.

"Prima le cose importanti," disse Tyler. "Non ci stiamo dimenticando qualcosa?"

Ripassai rapidamente la mia checklist mentale. I bagagli, la benzina e Mamma e zia Pearl accompagnate all'aeroporto senza problemi.

Controllato.

Scossi la testa. "No. Penso che abbiamo fatto tutto."

"E il nostro appuntamento?" Tyler sogghignò. "Ho viaggiato per centinaia di chilometri per vederti e ancora non abbiamo avuto il nostro appuntamento."

Lo guardai e sorrisi. Ero stata ossessionata dal nostro appuntamento e ora che Tyler era insieme a me non ci pensavo quasi più. In parte il motivo era dovuto all'enormità degli eventi che ci eravamo trovati ad affrontare, ma la realtà era che quello che volevo era semplicemente che stessimo insieme. Sembrava già come un appuntamento. Non avevo bisogno di una cena elegante o una serata fuori, solo l'uomo al mio fianco.

Comunque mi sentii male.

"Mi dispiace davvero per il nostro appuntamento, Tyler. Non mi sarei mai aspettata il rapimento, Las Vegas e tutto il resto." Zia Pearl aveva una certa abilità nel mettermi sempre i bastoni tra le ruote. "Rimedierò, lo prometto."

"Non scusarti. Non è colpa tua. Piuttosto, ho un'idea." Prese la prima uscita dall'autostrada poi girò a destra a un incrocio nemmeno un chilometro più avanti.

"Dove cavolo stiamo andando?" Non c'erano città nelle vicinanze e l'unico cartello stradale indicava una stazione di servizio poco lontano. C'era una sola strada per Westwick Corners, e non era quella. Questo era un rapimento per cui non avrei protestato. "Meglio prevenire che curare. Succedono cose brutte quando si resta senza carburante."

Tyler sorrise. "Non abbiamo bisogno solo di carburante. Vedrai."

Rallentammo quando la strada divenne fangosa e piena di pozzanghere. La strada sempre più stretta si avvolgeva attorno a una ripida collina e alla fine c'era a malapena lo spazio per un'auto nella direzione opposta. Anche se non c'era molto traffico. Mi chiesi che senso avesse una stazione di rifornimento in mezzo al nulla.

Qualche minuto dopo arrivammo. Nine Mile Gap era un villaggio minuscolo in mezzo al niente. Era già metà mattina ma non c'era segno di vita, nemmeno alla stazione di servizio pubblicizzata, un minuscolo edificio in metallo con un'unica pompa arrugginita. Era più morto della morte.

"Questo posto sembra non essere da nessuna parte." Fissai le finestre coperte di polvere e grasso mentre ci fermavamo davanti alla pompa di benzina.

"Non più. Qui è dove sono cresciuto," disse Tyler. "Era come Westwick Corners a quei tempi. Oggi è una città fantasma."

"La stazione di servizio è chiusa." L'unica pompa di benzina era arrugginita, con erbacce che avvolgevano anche l'erogatore. I numeri in vecchio stile che giravano al passaggio della benzina erano congelati nel tempo, al prezzo di 20 centesimi per tre litri e mezzo. Mi sentii male per Tyler.

Il passare del tempo raramente era gentile con i ricordi. Non si poteva tornare indietro senza restare delusi. Le cose raramente erano come le ricordavi.

"Va bene, non siamo qui per fare rifornimento." Tyler parcheggiò il camper all'estremità della stazione di servizio e spense il motore. "Il nostro appuntamento inizia ora."

Saltò fuori dal posto del guidatore, girò intorno al camper e aprì la mia porta dalla parte del passeggero. "Conosco un piccolo delizioso ristorante qui. È un segreto ben conservato, molto esclusivo."

Saltai giù dal camper, appoggiandomi alla mano che mi porgeva.

Percorremmo il lato della stazione di servizio, superammo un vecchio edificio in mattoni di tre piani. Girammo l'angolo ed emergemmo su una stradina di ciottoli.

La bocca mi cascò per la sorpresa. Eravamo all'inizio di Main Street in una città fantasma degli anni '50 completamente restaurata. Era tutto pulito e appena verniciato ma comunque non c'era un'anima in giro. Era come se il tempo si fosse fermato in un momento del passato.

"Era una città industriale, tempo fa. Poi la miniera ha chiuso ed è stata completamente dimenticata."

Mi chiesi quali segreti nascondesse la città, al di là della facciata ripulita.

Camminammo lentamente lungo la strada, mano nella mano. "Mi ricorda Westwick Corners, ma più tranquilla." Non avrei mai pensato che potesse essere possibile, invece lo era.

Tyler sogghignò. "Pensavo che ti sarebbe piaciuta. Ora andiamo. Aspetto questo appuntamento da una vita."

Lo seguii all'interno di un piccolo e grazioso caffè con vasi di fiori rigogliosi di lavanda e nasturzio. Il ristorante sembrava l'unica attività aperta. Le tavole del pavimento scricchiolarono sotto i miei piedi quando attraversai la porta diretta nell'interno poco illuminato.

Una donna attraente di quasi cinquant'anni comparve dal retro per salutarci e ci indicò un tavolo su un lato della sala, vicino alla finestra. Un ventilatore a soffitto ronzava sulle nostre teste, creando una brezza rinfrescante. Seguii la donna fino a una postazione affacciata su un ruscello gorgheggiante circondato da vegetazione folta. Era come essere in un altro mondo. "Va bene qui?" La donna fece l'occhiolino a Tyler, che annuì.

"È bellissimo." Sospirai mentre prendevamo posto.

La donna mi sorrise e ci porse i menu. Tyler ordinò due Coca-Cola.

Io aspettai finché la nostra ospite fu quasi in cucina prima di guardare il menu. "Spero che tu non sia delusa, pensando al ristorante francese. In qualche modo recupereremo."

Tyler sogghignò. "A dire il vero non importa dove andiamo. Forse, qui è anche meglio."

Mi strofinai il naso. "So cosa intendi. I ristoranti eleganti di solito hanno porzioni minuscole. In questo momento io potrei mangiare un cavallo."

Tyler rise. "Non intendevo questo."

"Cosa, allora?" Improvvisamente capii. "La donna ti ha riconosciuto subito. Sei stato qui di recente."

"Tante volte, Cen."

All'improvviso mi sentii strana. "Cos'è? Voi due vi conoscete, vero?"

"Mi chiedevo quando te ne saresti accorta. Questa non solo è la mia città, Cen. Quella donna è mia madre."

"Tua madre?" Mi cadde la mandibola e all'improvviso mi resi conto di avere i vestiti impolverati. Mi sistemai la coda di cavallo. "Non hai mai detto che venivi da una piccola città."

Lui rise. "Non me l'hai mai chiesto."

"Ma io ho semplicemente dedotto che, dato che lavoravi a Las Vegas, venivi da lì."

"Quasi tutti là vengono da un altro posto, Cen. Dato che io conosco già la tua famiglia, ho pensato che tu potevi conoscere la mia."

Ora era il mio turno di ridere. "Non mi stupisco che ti piaccia Westwick Corners. Praticamente è affollata rispetto a qui. Ma deve essere dura riuscire a vivere in questo paese. Come fa, tua mamma?"

"In effetti non fa. Si occupa di altro."

Prima che potessi fare ancora domande, la mamma di Tyler ricomparve con le nostre Coche. Riguardandola, la somiglianza era evidente. La mamma aveva gli stessi caldi occhi marrone e lo stesso sorriso caldo del figlio.

"Mamma, ti presento Cen. Cen, questa è mia madre, Vivica."

"Ecco a te, cara." Mi sorrise appoggiando il mio bicchiere sul tavolo, poi posò quello di Tyler. "Ho sentito dei problemi a Vegas. Sono contenta che Ty abbia potuto aiutarti."

"Cen non aveva bisogno del mio aiuto, mamma. Si è occupata di tutto nel modo migliore."

Io arrossii. "Non è stato niente, davvero. Affari di famiglia." Che mi piacesse o no, i problemi di zia Pearl erano anche i miei. Qualunque fossero le sue colpe lei era sempre leale verso coloro cui voleva bene, e anche lei mi avrebbe aiutata.

"Ho sentito che te la sei cavata piuttosto bene." Vivica Gates sorrise. "Considerato che sei stata praticamente buttata in mezzo."

Mi chiesi quanto e come esattamente Tyler raccontasse le cose a sua madre. Alla fine, non era molto importante. Quello che era fatto, era fatto. Le persone avrebbero tirato le proprie conclusioni.

Cambiai argomento. "Nine Mile Gap sembra un posto terribilmente tranquillo."

Vivica sospirò. "La città ha visto momenti migliori, di sicuro. Solo pochi di noi vivono ancora qui."

"Mi dispiace sentirlo," dissi. "La mia città sta seguendo la stessa strada. Tutti se ne vanno alla ricerca di posti più grandi."

Vivica annuì. "Tyler mi ha detto tutto della vostra locanda e dei vostri progetti per far rivivere la città."

"Anche voi potreste," dissi. "Dovete solo trovare il modo di proporre la città ai turisti."

"Oh, non interpretarmi male. A me in un certo senso piace la solitudine. Posso fare le mie magie in pace. È bello non dover nascondere i propri talenti."

Tyler mi sorrise. "Voi due avete molto in comune."

"Tu sei, ehm…" Non riuscivo a dirlo.

"Una strega." Vivica finì la frase per me. "Sì, lo sono."

Mi cascò la mandibola. Non c'era da stupirsi che Tyler tenesse testa così bene alle scene di zia Pearl. Tutto all'improvviso ebbe un senso. "E dunque è questo il tuo grande segreto, vero? Quello di cui zia Pearl continua a parlare." Avevo sempre pensato che fosse qualcosa di brutto, una macchia nel passato di Tyler.

I suoi occhi marrone scintillarono per il divertimento. "Pensi che non ci siano altre streghe in giro?"

"Tu sai di noi."

"Certo che lo so. Posso distinguere una strega a chilometri di distanza."

"Sapevi di me?"

Tyler annuì. "Anche se non ne avevo visto alcuna traccia. O sei molto brava o completamente fuori esercizio."

Io sogghignai. "Mi è stato detto che sono entrambe."

"Probabilmente hai preso da Pearl quel lato, giusto?"

"Sì." Per la prima volta in vita mia, fui davvero orgogliosa di essere una strega. E anche di essere la nipote di zia Pearl. "Ti stanno bene le mie bizzarrie?"

"Certo, anche se non definirei l'essere una strega una bizzarria, Cen." Tyler appoggiò la sua mano sulla mia. "Mi vai bene per quello che sei, senza condizioni. È quello che ti rende così speciale. La stregoneria è un plus."

La reazione di Tyler fu un delizioso cambiamento rispetto al mio ultimo fidanzato, che vedeva i miei talenti soprannaturali come imbarazzanti e potenzialmente dannosi per la sua carriera.

"È bello vedere Tyler con una ragazza che in qualche modo assomiglia a sua madre." Rise Vivica. "Nemmeno io devo fingere di essere normale. Posso essere semplicemente me stessa." Si girò e si diresse in cucina con le nostre ordinazioni.

"Io non avevo idea che tu fossi…" All'improvviso restai senza parole.

"Il figlio di una strega?" Sogghignò Tyler stringendomi la mano.

Io scoppiai a ridere. "Esattamente le parole che stavo cercando."

Per la prima volta in tanto tempo, mi sentii bene con ogni aspetto del mio essere. Stavo bene nella mia pelle. Non dovevo nascondere i miei talenti o fare finta di essere qualcun altro. E ora, ero davvero a casa.

* * *

TI È PIACIUTO *Il colpo delle streghi?* Puoi proseguire la lettura con *"La notte delle streghe"*, il prossimo titolo della serie.

VOLETE ESSERE i primi a sapere quando escono nuovi volumi? Registratevi sul sito
Newsletter:
http://eepurl.com/c0jCIr
Sito:
www.colleencross.com

L'AUTRICE

Colleen Cross è autrice della serie bestseller dei Thriller di Katerina Carter e della serie I Misteri di Katerina Carter. Le sue serie di thriller più popolari parlano entrambe del personaggio di Katerina Carter, contabile forense e investigatrice di frodi con esperienza sul campo. Fa sempre la cosa giusta, anche se i suoi metodi poco ortodossi fanno rizzare i peli e fermare il cuore.

È anche una contabile e un'esperta di frodi e scrive di crimini reali. *Anatomia di Ponzi: Truffe passate e presenti* smaschera le più grandi truffe finanziarie di tutti i tempi e spiega come siano riusciti a farla franca. Predice esattamente il luogo e il momento in cui i più grandi sistemi Ponzi saranno esposti e gli indizi da cercare.

Potete trovarla anche sui social media:

Facebook www.facebook.com/colleenxcross

Twitter: @colleenxcross

o Goodreads:

Per le ultime notizie sui libri di Colleen, per favore visita il suo sito http://www.colleencross.com

Iscriviti alla newsletter per conoscere immediatamente le nuove uscite! http://eepurl.com/c0jCIr

ALTRI ROMANZI DI COLLEEN CROSS

Trovate gli ultimi romanzi di Colleen su www.colleencross.com

Newsletter: http://eepurl.com/c0jCIr

I misteri delle streghe di Westwick

Caccia alle Streghe

Il colpo delle streghi

La notte delle streghe

I doni delle streghe

I Thriller di Katerina Carter

Strategia d'Uscita

Teoria dei Giochi

Il Lusso della Morte

Acque torbide

Con le Mani nel Sacco – un racconto

Blue Moon

Per le ultime pubblicazioni di Colleen Cross: www.colleencross.com

Newsletter:

http://eepurl.com/c0jCIr